教室里的儿童文学

陈晖　王雅萍　著

中国和平出版社
China Peace Publishing House
北京

图书在版编目（CIP）数据

教室里的儿童文学 / 陈晖，王雅萍著. -- 北京：
中国和平出版社，2023.12

ISBN 978-7-5137-2678-8

Ⅰ.①教… Ⅱ.①陈… ②王… Ⅲ.①儿童文学理论
Ⅳ.①I058

中国国家版本馆CIP数据核字(2023)第211401号

教室里的儿童文学

JIAOSHI LI DE ERTONG WENXUE

陈晖　王雅萍　著

责任编辑	张春杰　王　欢
装帧设计	李墨洋
责任印务	魏国荣
出版发行	中国和平出版社（北京市海淀区花园路甲 13 号院 7 号楼 10 层　100088）
	www.hpbook.com　bookhp@163.com
出 版 人	林　云
经　　销	全国各地书店
印　　刷	天津联城印刷有限公司
开　　本	710 mm×1000 mm　1/16
印　　张	14.25
字　　数	205 千字
版　　次	2023 年 12 月第 1 版　2023 年 12 月第 1 次印刷
书　　号	ISBN 978-7-5137-2678-8
定　　价	48.00 元

～ 目 录 ～

第一部分

儿童文学基础理论

儿童文学的阅读

作为人类最重要的精神活动之一的文学阅读，如果将口述文学欣赏包含在内，其历史相信可以上溯至人类诞生之初。**源于人类自然天性的文学欣赏活动，自人类伊始，就客观存在于儿童生活中。**

史料表明，在遥远的古代，各民族儿童都有跟随祖辈唱诵歌谣、聆听长辈讲述口传故事的习惯和传统。人类发明文字、出现书籍之后，儿童便开始在浩如烟海的各类典籍与文学读物中，搜寻能满足自己文学需求的作品。民间文学——包括神话、传说、童话、寓言、故事、歌谣，历代成人文学中接近儿童欣赏趣味的作品，在多个世纪漫长的历史时期，给了儿童有限但极其宝贵的文学滋养。

随着人类文明的发展，儿童的独立人格及权利逐渐得到尊重和重视，儿童自发的、始终存在的文学需求也最终引起了社会的关注。**在儿童文学从成人文学中分离出来、成为独特门类的历史进程中，在其后不断发展的过程中，儿童的文学阅读需要始终是重要的驱动力，并内在地制约和引导着儿童文学发展的方向。**

儿童文学的产生

世界儿童文学作为一种明确而独立的文学种类出现在18世纪的欧洲。至工业革命前夕，儿童文学一直处于可能存在而不自觉的阶段，主要原因是人类一直没有发现儿童——没有意识到儿童是身心发展区别于成人的特殊存在。从史前社会开始，人们习惯于从社会、经济和宗教等角度出发，将儿童看作预备或缩小的成人。在完全忽视儿童地位和独立人格的情况下，不可能针对其特殊的需求创作适合他们阅读的文学作品。

1658年《世界图解》的出版成为教育史上标志性的历史转折点。《世界图解》是捷克教育家夸美纽斯所著的一部带有百科全书性质的儿童画册。从作品的内容和形式看，作者及出版者已经意识到，儿童有别于成人，儿童读物也因此需要区别于成人读物。这本书虽在欧洲引起过广泛关注，但确认并大规模出现儿童读物的时间应该是在一个多世纪之后。

18世纪下半叶，"儿童是值得加以特别考虑的独立的人"这样的观点开始得到普遍认同，其间经过渐进的演变和发展。新的儿童观以及由这种儿童观直接催生的儿童文学是多种历史、社会因素共同作用的结果，其中主要包括思想启蒙、妇女解放运动兴起、中产阶级产生和教育思想变革。**在儿童文学孕育萌发的历史进程中，人类社会开始承认儿童拥有与成人平等的权利。儿童教育开始注重儿童心理年龄特征，关注儿童的情感诉求、尊重儿童的审美需要是基础和前提条件。**

儿童文学的诞生还与出版业，特别是儿童出版业的发展直接相关。1744年，英国出版家约翰·纽伯瑞认识到轻松愉快的阅读具有良好的教育效果，而且敏锐地察觉到儿童书籍的商品性质和商业前景，他在伦敦创建了世界上第一家专门出版儿童读物的出版机构。1744年由此被视为英国乃至整个世界儿童文学的开端。

历史上的儿童文学概念

在西方，"儿童文学是对儿童进行教育和训导的文学"的概念从18世纪一直延续到19世纪末，儿童文学应该强化儿童的道德、给予儿童有益的知识，使之成为符合成人理想、具有人类公认美德的模范儿童，这一直是占据主导地位的儿童文学观。虽然19世纪儿童文学在故事、娱乐、游戏和想象力方面较18世纪有明显的进展，但在根本意义上，这些被定义为艺术元素的成分，还是服务于教育的目的，使教育更为卓有成效而已。

在中国，儿童文学概念的演变有着更加清晰的历史轨迹。中国自现代儿童文学产生即开始对儿童文学的概念做出界定，在不同历史时期，先后有过三种主要的儿童文学概念。

"儿童本位的文学"是20世纪20年代前后中国儿童文学诞生之初占主导地位的儿童文学概念，为胡适、周作人等几位中国儿童文学的奠基者首倡。"儿童本位"的儿童文学概念重视儿童主体，偏重儿童趣味，在儿童文学成立之初对儿童文学性质的确认有积极意义。

"教育儿童的文学"的概念生发于20世纪20年代中后期，30年代直至70年代末普遍为中国儿童文学界接受。这一概念认定儿童文学基于教育儿童的目的而专为少年儿童创作，注重儿童文学的专属性和教育性，比较强调成人的主导性。

"适应儿童的心理和趣味的文学"在20世纪80年代之后成为主要的儿童文学概念。这一概念更为重视儿童作为儿童文学接受对象的主体性，包含兼容了"儿童本位的文学"和"教育儿童的文学"两种观念的内核，是一个既具有继承性又有发展变化的儿童文学概念。

这三种儿童文学概念，代表着中国不同时代的儿童文学观，也从一个侧面反映了中国社会儿童观和教育观的变迁。这三种儿童文学概念与世界各国、各时代的儿童文学概念有方向上的一致，既是历史的儿童文学概念，也可以视为基本的儿童文学概念。

什么是儿童文学？你认同哪一种儿童文学概念？为什么？

现在的儿童文学概念

20世纪中后期开始，随着人类社会生活、思想体系及教育观演变，世界范围内，儿童文学概念也有所变革。与儿童观、阅读观变化同步，儿童文学概念表述简明扼要，儿童文学被更多定义为"**考虑到儿童理解力的文学**"。与过往的儿童文学概念相比，新的概念在内涵和外延上都显示了更为宽广、更加开放的立场和态度。

这个概念延续了从读者对象定位属性的方向。21世纪的儿童文学因其思想艺术水平的提升，越来越拥有广泛的读者群，但儿童文学的存在及与成人文学的切分，首先源自它特有的读者对象。儿童文学主要以儿童为读者对象，儿童的文学阅读也以儿童文学为主体。

这一概念同时也确定了儿童文学的文学本质。儿童文学遵循文学的创作规律，具有文学的特征和形态，给予儿童以文学的熏陶和滋养。文学性使儿童文学区别于一般儿童读物，区别于那些同样具有教育性、审美价值及心理适应性的其他儿童读物。

现在的儿童文学概念反映了世界儿童文学创作及研究的现状，其内涵指向各国儿童文学界已达成的基本共识。既有的教材和理论著述总结的儿童文学概念阐释及其理解主要包括：

《儿童的文学世界——我的文学课（教师版）》

陈晖 著

北京师范大学出版社

※ 所谓为儿童写作并不是把成人的思想、信条强加给儿童；

※ 其内容必须要让读者能够理解、能够领会；

※ 其内容和结构应符合并激发儿童的情趣；

※ 必须要了解儿童读者身心发展的阶段；

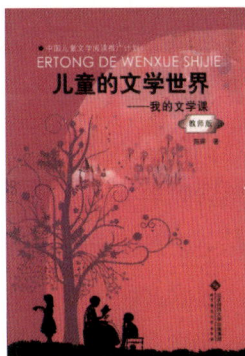

※作者在具有文学才能的同时还应有与儿童共鸣的思想和心绪。

这些都可以视为对现在儿童文学概念的诠释与阐述。

就外延而言，过去儿童文学主要指作家为儿童创作的，包括诗歌、童话、小说、散文、戏剧等体裁在内的文学作品。考虑到儿童阅读的文学读物并不局限于儿童文学的事实，现在国际儿童文学界认为，儿童文学这个"自主共和国"还拥有几个"属国"，主要是：

※儿童所阅读又影响儿童文学发展的成人文学读物；
※作者对其读者对象似乎并未明显地加以考虑，但现已成为儿童文学的经典作品；
※图画书和浅显易懂的故事；
※优秀的成人读物改写本；
※各种民间故事和神话故事。

将儿童的文学读物纳入宽泛的儿童文学范畴更多依据了儿童的阅读实际，应该理解为儿童文学外延的扩大，并不意味着儿童文学内涵的模糊。

在儿童文学概念的范畴之内，还有一些需要界定及区分的，比如"写儿童"与"儿童写"的考量，指向的是儿童文学是否可以依据题材或作者身份予以判定。儿童的生活及成长是儿童文学主要的表现内容，但这些也同样是成人文学的表现对象，成人的生活在儿童文学中亦会有所涉及，判断儿童文学属性的标准主要是相关的表现角度、方式与状态。至于儿童创作的文学作品是否属于儿童文学，也要依据作品本身的性质，看是否具有儿童文学的典型特征，是否适合儿童阅读。总体看来，成人作家的儿童文学创作是儿童文学的主体。

儿童文学的特点

　　既有的儿童文学理论研究，都非常重视儿童文学特点的归纳和描述。儿童文学首先是文学，但其作为独立的门类，相对成人文学，还存在着一些较为显著的特征。这些特征源自儿童读者身心发展与审美趣味，在几个世纪以来的儿童文学创作实践中有鲜明的表现。儿童文学从成人文学中独立伊始，就开始发展出自己独立的评价体系与美学标准，20世纪以来儿童文学观念发生变化之后，一些作家和研究者重新审视儿童文学是否真的具有完全区别于成人文学的特征，并质疑其必要性。从大部分作家创作的作品看，为幼儿和学龄期儿童创作的儿童文学作品在显示儿童文学独立艺术特征方面比较典型。这些特征在青少年文学领域有所淡化，但从内容到艺术，在一定程度上还是注意了与成人文学的界分。

　　在儿童文学理论教科书中，儿童文学特点主要被归纳为以下方面：

※反映儿童的现实生活和内心世界；

※表达儿童情感和愿望，富有儿童情趣；

※人物鲜活，故事曲折，细节丰富；

※主题积极明朗，格调高雅，节奏明快；

※语言规范优美，活泼生动；

※按读者年龄分阶段、多层次。

　　可以肯定的是，艺术表现日臻成熟的儿童文学作品拥有越来越广大的读者对象，时代文化的语境也可能让儿童的阅读越来越早地进入成人文学的领域，少年儿童文学与成人文学的分际是否会消融，还有待进一步观察。毕竟幼儿文学和童年期文学中那些特点的表现确切而普遍，且儿童文学对成人读者的吸引也更多来自这些特有的文学艺术品质。

💡探索与思考

儿童文学是否与成人文学有本质区别？儿童文学的概念和特点是否

成立？是否像某些研究者质疑的，它们包含不符合事实的童年假定和儿童理念？

儿童文学的三个层次

儿童文学的主要读者是0～15岁的少年儿童。**儿童文学包含三个不同的层次：婴幼儿文学、童年期文学和少年文学。**针对不同阶段的儿童在审美趣味、欣赏习惯、接受能力等方面的明显差异，各个层次的儿童文学在内容和艺术表达上有各自的特点。

婴幼儿文学指为6岁以下孩子提供的儿童文学作品，主要体裁样式有图画书、童谣、生活故事、童话、戏剧等。

适应幼儿身心发展阶段、阅读需求与趣味，婴幼儿文学基本特点主要包括：

※浅显的内容及表达；

※游戏性、娱乐性和趣味性；

※图文、声像结合的呈现方式；

※反复、对比、拟人等表现手法；

※简明、规范、口语化的语言。

童年期文学指适合6、7岁至11、12岁儿童阅读的作品，主要文类有诗歌、童话、小说、散文、戏剧、科学文艺等。

适应这一时期儿童的审美能力和欣赏趣味，童年期文学特点主要有：

※题材广泛和丰富；

※主题积极明朗；

※人物形象鲜明；

※故事情节曲折生动；

※语言活泼、富有情趣。

少年文学指适合11、12岁至15、16岁少年阅读的作品，主要体裁有诗歌、小说、幻想文学、戏剧、散文、纪实文学等。

适应少年身心发展、欣赏需求、感受能力和审美取向，少年文学特点主要包括：

※题材广阔、主题深刻；
※文化意蕴多元、思想内涵厚重；
※人物形象丰满、立体，有深度；
※艺术表现多样化，有探索性；
※注重内心情感、情绪的表达。

💡**探索与实践**

分别找婴幼儿文学、童年期文学、少年文学作品各一篇（部），对照体会各层次儿童文学的特点。

儿童文学的目的和意义

在18世纪儿童文学诞生之初直到19世纪，儿童文学一直被看作是教育儿童的有效工具与手段，儿童文学的主要目的与目标也被认定为：以生动形象的文学为载体，致力于儿童的道德建设与品德养成，引导儿童从自然人向社会人过渡。至20世纪，作家和研究者开始重新思考儿童文学的价值和意义。从先进的儿童观和教育观出发，我们认为，**儿童文学最重要的宗旨与目的是陪伴及促进儿童的精神成长。**

这种理解符合儿童文学的历史源流，也适应着当今的时代与儿童成长的现实。儿童文学的产生，成为独立的文学分支，是因为人类认识到儿童有文学阅读的精神需求。儿童文学的独立缘起于人类对儿童的精神关怀，缘起于人类对儿童成长的积极扶助和干预，以文学陪伴及促进儿童的精神成长是儿童文学的根本目的，也是儿童文学承载及担负的基本责任，儿童文学的意义亦在于此。

这种理解也符合世界各国儿童文学作家的创作实践。纵观各地区各历史时期的优秀儿童文学作品，它们都具有陪伴及促进儿童精神成长的主题和内容，也因此受到儿童读者的喜爱和欢迎。

1989年11月，联合国大会通过的《儿童权利公约》认为教育的目的应该是：

《儿童文学概论》
朱自强 著
华东师范大学出版社

※最充分地发展儿童的个性、才智和身心能力；

※培养对人权和基本自由以及《联合国宪章》所载各项原则的尊重；

※培养对儿童的父母、儿童自身的文化认同、语言和价值观、儿童所居住国家的民族价值观、其原籍国以及不同于其本国的文明的尊重；

※培养儿童本着各国人民、族裔、民族和宗教群体以及原为土著居民的人之间的谅解、和平、宽容、男女平等和友好的精神，在自由社会里过有责任感的生活；

※培养对自然环境的尊重。

可以看到，儿童文学与儿童教育在"最充分地发展儿童的个性、才智和身心能力"这一终极目的上有完全的一致性，儿童文学与儿童教育之间不存在任何实质性的冲突。众多的儿童文学作品可以证明，早在公约创立前，上述文件中列举的教育的各项目的，已在儿童文学创作中全方位、多角度地反映和体现。儿童文学作为人类提供给后代的精神产品，必然传达人类社会的理想，传承人类的历史与文化，也必然凝聚着人类科学技术和文明发展的成果，具有培根铸魂、启智增慧的重要作用。即使儿童文学不再像过去那样过多地负载思想观念传输、道德教化的义务，

而更多转向儿童向往的自由想象与轻松娱乐；即使儿童文学不再以教育儿童为主要目的，其自然具有的教育价值和教育功能依然存在。优秀的儿童文学作品一定会对儿童情感、态度、价值观有潜移默化的正面影响，具有陶冶性情、涵养精神的客观作用。**作为一门语言艺术，儿童文学在儿童形象思维和语言能力发展等方面还具有特别的优势。**

儿童文学的功能

传统的儿童文学理论一般从教育功能、认识功能、审美功能和娱乐功能四个层面解说儿童文学功能，并将它们分别解读为"教育功能→道德情操""认识功能→科学知识""审美功能→艺术鉴赏""娱乐功能→游戏宣泄"。与先进的教育观、儿童观相联系，新的儿童文学理论更侧重于从儿童文学的文学性质出发，具体的认定其特有的功能和作用。从儿童文学作家、研究者、儿童读者的描述中，这些功能和作用主要包括：

※让儿童体会和享受阅读的愉悦；

※丰富儿童的精神、心灵和情感；

※发展儿童的想象力和创造力；

※帮助儿童认识自然、社会、成人世界以及儿童自身；

※帮助儿童理解爱、友善、人性；

※向儿童传达自由、平等、和平等人类公认的美德和理想；

※让儿童了解和感受不同文化及生活方式；

※让儿童感受并喜爱文学；

※培养儿童的审美能力和鉴赏能力；

※引导儿童观察社会生活；

※培育儿童对他人的理解、宽容及同情；

※帮助儿童建立勇气、信心和希望；

※向儿童表达来自成人的理解和安慰；

※激励儿童自我道德完善；

※锻炼儿童运用理智、进行道德判断的能力；

※激发儿童的好奇心，鼓励儿童探索未知世界；

※让儿童体验不同的生活经历；

※培养儿童的阅读兴趣和阅读习惯；

※让儿童学会与人交流、分享思想成果；

※培养儿童的文学艺术趣味；

※发展儿童的语言能力；

※增进儿童的文化修养；

※丰富儿童的业余生活，排遣孤独和寂寞；

…………

虽然意识到当下现实生活中儿童的文学阅读已经因电影、电视、网络、游戏等媒介，特别是电脑、手机的普及带来的冲击，功能优势在不断削减和弱化，儿童文学作家以及很多读者仍然坚信，儿童文学及儿童的文学阅读具有的功能和作用是不可替代的，童年不能没有文学的陪伴和守护。

💡**探索与思考**

在你看来，儿童文学最重要的功能是什么？为什么？

阅读儿童文学的乐趣

儿童文学发生发展的历史进程中，哪怕是在社会普遍强调儿童文学应给予儿童教育的时期，一些作家就已经关注到了儿童文学的娱乐价值，并通过寓教于乐等方式寻求教育与娱乐的交融与平衡。随着儿童教育观念的日益转变，儿童文学中教育与娱乐的冲突越来越得到缓解。到20世纪下半叶，以娱乐而非道德完善、以怡情而非增进知识为方向的儿童文学已经获得了充分地认可和肯定。现在的儿童文学界普遍接受，儿童与成人一样，希望在阅读中获得即时与长久的乐趣，**对儿童来说，获得乐趣是激发他们开展文学阅读、维持阅读兴趣的动力之所在**；必须认真评估和关注"乐趣"在儿童文学阅读活动中的地位；给予儿童阅读的乐趣同样是儿童文学的天职；以"制造"乐趣为特色的作品在儿童读物的推荐和评价中不应过多地贬损和排斥。

《儿童阅读的力量》
李怀源 著
华东师范大学出版社

从不同角度考察，儿童文学蕴涵的丰富乐趣，一部分属于文学所共有，另一部分则为儿童文学专有。《儿童文学的乐趣》等儿童文学研究著作指出：依据儿童读者的反应的敏感度和强度，下列乐趣特别值得关注：

※ 想象的乐趣；

※ 诙谐、幽默、玩笑的乐趣；

※ 猜测、破解悬念和疑惑的乐趣；

※ 意外结局的乐趣；

※ 文字游戏的乐趣；

※ 角色扮演、角色替代的乐趣；

※ 在文学中经历恐惧的乐趣；

※ 经历奇异幻境的乐趣；

※ 满足心愿的乐趣；

※ 变化的乐趣；

※ 冒险的乐趣；

※ 紧张的乐趣；

※ 羡慕幸运与机遇的乐趣；

※ 置身悲剧外庆幸的乐趣；

※遭遇新奇的人、事、环境的乐趣；

※体会、表达、抒发感情的乐趣；

※逃避现实困境的乐趣；

※判断、评价（儿童）人物的乐趣；

※唤起熟悉记忆的乐趣；

※填补闲暇时光的乐趣；

※悲喜交加、感情共鸣的乐趣；

※文字欣赏的乐趣；

※结构欣赏的乐趣；

※图画欣赏的乐趣；

※音律欣赏的乐趣；

※聆听、诵读的乐趣；

※重复阅读的乐趣；

※写作（续写、改写）的乐趣；

※了解的乐趣；

※探索的乐趣；

※发现的乐趣；

※填补情节空隙的乐趣；

※创造的乐趣；

※比较的乐趣；

※验证阅读经验的乐趣；

※评价作家作品的乐趣；

※批判的乐趣；

※交流的乐趣；

※分享的乐趣；

※辩论的乐趣；

※阅读能力获得证实的乐趣；

※作家作品风格偏好的乐趣；

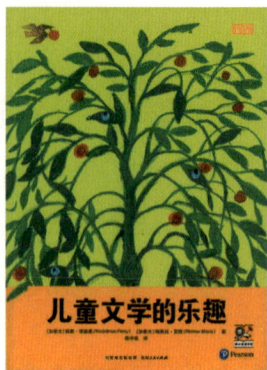

《儿童文学的乐趣》

[加]佩里·诺德曼

[加]梅维丝·雷默 著

贵州人民出版社

※ 个人特别趣味得到满足的乐趣；

…………

上述列举存在交叉重叠之处，但细加体会，还是各有侧重。如果只做出大致的归类，反而不足以体现儿童个性化的文学欣赏趣味。

应该鼓励儿童在文学阅读中尽情获得乐趣。儿童只有充分享受到阅读儿童文学的乐趣，才会积极参与文学阅读；只有广泛展开、推进儿童阅读，只有在客观发生的阅读活动中，儿童文学阅读的所有功能和效益才能真正实现。

🐞探索与实践

和几个孩子一起阅读一本你认为有趣的儿童文学作品，了解他们最感兴趣的环节，比较自己的假定和预设。

结语：儿童需要文学，儿童的文学阅读以儿童文学为主体；儿童文学因儿童特殊的文学需要而产生，经过几个世纪的发展，有大量优秀作品问世；儿童文学具有儿童特点，针对各年龄阶段有不同的层次，符合儿童的身心发展和审美要求；功能全面的儿童文学对促进儿童的精神成长具有特别的意义；阅读儿童文学充满乐趣。

第二部分

儿童文学的主要体裁和品种

儿童诗歌

概念和种类

儿童诗歌主要指适合少年儿童阅读欣赏的诗歌作品。儿童诗歌具有儿童文学的基本特征，反映儿童的思想与生活，表达儿童的情志与情感，具有儿童文学特有的积极、明朗、优美和欢快。儿童诗在内容、形式，特别是艺术表现上与成人诗歌形成了较为明显的差异性。作为抒情文学的儿童诗歌，与儿童文学中其他属于叙事文学的体裁又存在天然的分际。

儿童诗歌的体裁概念包含多个诗歌品种，可以从不同角度划分和归类。

儿童诗歌有**儿歌**与**儿童诗**之分。

儿歌，又称童谣，主要指婴幼儿和小龄儿童唱诵的韵语歌谣，包含传统民间儿歌和作家创作的儿歌两大类。儿童诗，包含给幼儿、儿童和少年等各年龄阶段读者的诗歌，相应细分为幼儿诗、童诗、少年诗。

儿歌和儿童诗在诗歌艺术特征方面有基本的一致，但儿歌还有一

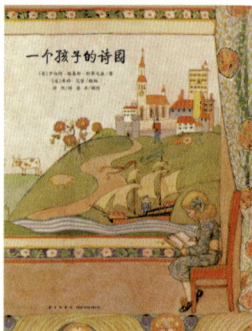

《一个孩子的诗园》

[英]罗伯特·路易斯·斯蒂文森 著

新星出版社

些自身独有的特点，比如儿歌主要以记事、写景、状物为内容，具体形象、浅显生动、简短均齐、韵脚绵密、易记易唱，富于趣味性和游戏性，幼儿文学的特点较为突出。一些源自民歌的传统儿歌形式，如数数歌、字头歌、问答调、连锁调等，特别受儿童喜爱和欢迎，其艺术手法经常被作家运用到儿童诗歌的创作中。

儿童诗包括**叙事诗**和**抒情诗**两大类，其中叙事诗又包括**童话诗、故事叙事诗、讽刺诗**等。

童话诗以诗歌体叙述童话故事，是诗歌和童话的结合。童话诗多取材于民间童话和传说故事，想象神奇瑰丽，文辞质朴清新，在儿童叙事诗中独具特色与魅力，代表性作品有诗人阮章竞的《金色的海螺》、俄罗斯著名诗人普希金的《渔夫和金鱼的故事》等。

故事叙事诗以诗体讲述故事，有人物角色和故事情节，语言灵动，句式富于变化，活泼有情趣。诗人柯岩的《"小兵"的故事》、任溶溶的《我是一个可大可小的人》都是有影响力的作品。

讽刺诗以诙谐、幽默的诗歌语言，叙述儿童生活中具有喜剧色彩的事件，对儿童行为习惯中的某些缺点进行讽喻和规劝。诗人鲁兵的《下巴上的洞洞》、金近的《小队长的苦恼》、苏联诗人巴尔托的《谢辽查做功课》等是儿童讽刺诗的佳作。

抒情诗有**朗诵诗、题画诗**等具体形式，以直接抒发感情为主要特征，热忱、真挚，富有感染力，是儿童喜爱的诗歌形式。诗人田地的《我爱我的祖国》、金波的《春的消息》、高洪波的《我想》等都是脍炙人口的儿童抒情诗。

儿童诗歌还有一个特殊的品种——科学诗。科学诗同时也属于科学文艺的范畴，以诗歌的形式传递科学知识，传达科学精神。高士其的《我们的土壤妈妈》、戴巴棣的《大自然的语言》是代表性作品。

✎**探索与实践**

设计问卷，调查最受儿童读者喜爱的诗歌种类并了解其受喜爱的原因。

💭**探索与思考**

不同年龄阶段的儿童读者在诗歌兴趣爱好上有何不同？

韵律和节奏

儿童诗歌属于抒情文学，其特点是建立在诗歌本体的艺术构成之上。加深对诗歌艺术的理解是阅读欣赏儿童诗歌的关键。

相形于其他语言文学形式，**诗歌着重于以声音创造美感**。而与成人诗歌相比，儿童诗歌的音韵美更为突出。

儿童的诗歌欣赏开始于他们降生之初。许多孩子在襁褓中，就有机会聆听长辈哼唱摇篮曲。这时的儿童，不可能对诗歌语汇的意义有确切的认知，他们从诗歌中感受到的愉悦主要来自声音。学者的研究显示，在各个年龄段，儿童对诗歌的喜爱和兴趣均与诗歌带来的韵律感有关。对小读者来说，诗歌更像是用来唱诵聆听的，而不是像小说那样通过阅读感受的。

儿童诗歌普遍具有和谐的音韵和鲜明的节奏。与成人诗不同，儿童诗更重视句段的押韵，不频繁换韵。给幼儿欣赏的短诗，通常一韵到底，或采用叠词叠韵，以字、词、句的重复和循环，构成悦耳动听、和谐优美的韵律。中国现代作家叶圣陶的经典名作《小小的船》就体现了儿童诗在音韵方面的上述特点。

> 弯弯的月儿小小的船，
> 小小的船儿两头尖，
> 我在小小的船里坐，
> 只看见闪闪的星星蓝蓝的天。

叠词叠韵不仅能造成抑扬顿挫、朗朗上口的声音效果，语汇和句式的重复也自然让诗歌节奏明快，整体富有音乐性。

中国现代诗人朱湘的诗作素来以讲求音律著称，以孩子为对象的《摇篮歌》，韵律格外轻柔、动听。

春天的花香真正醉人，
一阵阵温风拂上人身；
你瞧日光它移得多慢，
你听蜜蜂在窗子外哼：
睡呀，宝宝，
蜜蜂飞得真轻。

天上瞧不见一颗星星，
地上瞧不见一盏红灯；
什么声音也都听不到，
只有蚯蚓在天井里吟：
睡呀，宝宝，
蚯蚓都停了声。

一片片白云天空上行，
像是些小船飘过湖心，
一刻儿起，一刻儿又沉，
摇着船舱里安卧的人：
睡呀，宝宝，
你去跟那些云。

不怕它北风树枝上鸣，
放下窗子来关起房门；
不怕它结冰十分寒冷，
炭火生在那白铜的盆：

睡呀，宝宝，

挨着炭火的温。

　　这首《摇篮歌》，不仅音韵柔美，情感也温婉动人，是艺术上乘的儿童诗作。

　　以进入青春期少年为对象的诗作，转而追求内在的诗韵，间歇押韵，换韵也较为灵活随意。诗人傅天琳的《森林童话》等少年诗作品就以诗风飘逸、诗歌气韵轻灵为特色。《森林童话》是这样开篇的：

站在山上

你看我的森林是一片海

我就睡在海底

美人鱼一样睡着

睡着的时候

青苔爬在我身上

作我的绿被

当我醒来

它们就悄悄退下，挂在路旁

当我醒来总是鸟唱

这些鸟是我的朋友

虽然我不能一一叫出它们的名字

猎枪响的时候

它们就不见了

——你站在山上

可看见从森林之海

呼啦啦飞起的一群

它们是我的好朋友

我的朋友有时抖抖翅膀

留给我一根两根美丽的羽毛

作我书本里最新鲜的书签

…………

贴合心情的韵律伴随舒缓的节奏若隐若现，令多思善感的少年读者低回不已。

✐**探索实践**

诵读几首童诗，体会诗歌的韵律和节奏。

意象和意境

意象和意境是诗歌的基本艺术构成。由于儿童思维具有具象性，意象在儿童诗歌中常常更为凸显。特别是儿童抒情诗，作者内心的情感往往外化为一连串的意象，并通过繁复的铺陈及叠加，将感情的抒发自然推向高潮。诗人田地的诗作《我爱我的祖国》中，有这样的诗句："我的祖国，是吐鲁番的葡萄，哈密的瓜；是海南岛的菠萝，天津的鸭儿梨；是关中平原雪白雪白的棉花；是长江两岸金黄金黄的稻谷；是青藏高原胖墩墩的牦牛和绵羊……""我的祖国，是东海渔船的点点白帆，是西山晚霞中的片片红叶；是龙井兰花般浓郁的绿茶；是景德镇蛋壳般透明的瓷器；是黄河的波涛汹涌，长城的巨龙奔腾；是云冈石窟的庄严，敦煌壁画的绚丽……"数十行的诗句中，祖国这个抽象的概念，化作一个又一个具体可感、层出不穷的意象，小读者不仅能从诗歌中直接感知祖国令人骄傲自豪的物华天宝、万千气象，同时也感应到作者深沉热烈的爱国情感并与其产生强烈共鸣。

儿童诗注重从儿童熟悉的物象或概念中提取意象，诗人樊发稼的《爱

什么颜色》就特别从儿童的现实生活撷取意象，表
达儿童的情志与情感，颇具时代色彩。

《春雨的悄悄话》
樊发稼 著
长江少年儿童出版社

你问我
最爱什么颜色？

我爱碧绿的颜色。
因为——
我生长在农村，
禾苗是碧绿的，
小草是碧绿的，
山是碧绿的，
树是碧绿的，
连我的梦也是碧绿的。

我爱火红的颜色。
因为——
朝阳是火红的，
鲜花是火红的，
香甜的苹果是火红的，
节日的灯笼是火红的，
我们的队旗是火红的，
我胸前的领巾是火红的，
我的热血，我的心，
也是火红的。

我爱蔚蓝的颜色。
因为——

辽阔的天空是蔚蓝的，

无边的大海是蔚蓝的，

将来，

我想当名海军战士，

保卫祖国蔚蓝的海疆，

我穿的一身英武的军装

也将是蔚蓝的。

儿童诗歌，并不因为其读者对象审美经验和趣味的"幼稚"而放弃在诗歌中创设典雅优美的意境，与成人诗歌一样，儿童诗特别是儿童抒情诗也将营造意境视为更高境界的艺术追求。前文提到的叶圣陶先生的《小小的船》，只有寥寥数行，便烘托出蓝天、明月、繁星、童心交互而成的绝佳意境，令人赞叹。**儿童诗歌的意境以轻灵通透为特色，浸润着儿童的情感，是对儿童现实世界和想象世界的艺术提纯，具有一种明净纯真的天然美质。**

在诗人的创作中，就有不少佳作拥有这样的意境。

小小的河流

青青的草地

河的这边

是白的羊群

河的那边

是黑的、褐的牛群

天是蓝的

河是蓝的

——艾青《小河》

我们的田野，

美丽的田野。

碧绿的河水，

流过无边的稻田。

无边的稻田，

好像起伏的海面。

平静的湖中，

开满了荷花。

金色的鲤鱼，

长得多么肥大。

湖边的芦苇中，

藏着成群的野鸭。

…………

——管桦《我们的田野》

在外国儿童诗中，也有不少作品拥有这样明丽清新的意境，西班牙诗人洛尔卡一首咏月亮的短诗，经叶君健先生译成中文后，意蕴悠长，意境醇厚。

月亮在水上行走。

天空多么澄静！

河上古老的涟漪，

慢慢地织起皱纹。

这时一根年幼的树枝，

以为月亮就是一面小镜。

儿童欣赏这样的诗歌，哪怕不能调动既有的生活经验即时领会，也会因其意境的韵味而生出依稀领悟的朦胧美感，留待成长后慢慢理解与回味，诗意的精髓即使部分抵达也具有美学意义。

联想与想象

联想自由跳跃、想象新鲜奇妙是儿童诗歌的突出特色。天马行空地驰骋想象力是孩子思维的特点，无拘无束表达自己的情感和愿望是少年儿童的天性，儿童诗歌当然会在联想和想象方面有别于成人诗歌，儿童诗歌也因此具有了不一样的艺术表现力。

高凯的获奖诗歌作品《村小：识字课》即以别出心裁的联想而独树一帜。

蛋蛋鸡蛋的蛋

调皮蛋的蛋

乖蛋蛋的蛋

红脸蛋的蛋

马铁蛋的蛋

花花花骨朵的花

桃花的花

杏花的花

花蝴蝶的花

花衫衫的花

王梅花的花

曹爱花的花

黑黑黑白的黑

黑板的黑

黑毛笔的黑

黑手手的黑

黑窑洞的黑

黑眼睛的黑

外外外面的外

窗外的外

山外的外

外国的外

谁还在门外喊报告的外

外外——

外就是那个外

飞飞飞上天的飞

飞机的飞

宇宙飞船的飞

想飞的飞

抬翅膀飞的飞

笨鸟先飞的飞

飞呀飞的飞

在这首儿童诗作中，作者将联想根植于乡村儿童日常的现实与朴素的理想，让联想伴随童心跃动，在升腾飞扬的联想中，诗歌的结构与节奏不仅自然地拥有了动感和活力，时代精神也从中奔涌而出。

联想是作者在事物间创建的别样的组接，在一定程度上已具有超常的想象特质，而在众多的儿童诗歌中，还会自然地融入幻想的因子。赋予世间万物以人的生命是儿童一切梦幻的根基，稍加着意的描摹便能留下令人怦然心动的诗篇。

美国诗人爱·格林菲尔的一首小诗《就我一个人的时候》这样写道："就我一个人的时候，闭起眼睛，我真快活。我是双胞胎，我是小酒窝儿，我是玩具仓库，我是动人的歌儿，我是吱吱叫的松鼠，我是一面铜锣，我是棕色的面包皮，我是树枝变成了红色……反正，我想是什么，就是什么，我愿做什么，就能做什么。可是，一睁开眼睛，唉！我还是我。"

这首诗歌仿佛只是轻描淡写地记录了小主人公独处时的一段心理独白，作品就已散发出极为浓郁的幻想意味和儿童情趣。

最具有幻想性的儿童诗是童话诗，其会因演绎一个奇幻的故事而展现非凡想象力。儿童诗的童话趣味有时仅仅来自拟人化的角色或场景，一些抒情诗兼有童话诗的韵味。诗人圣野的《欢迎小雨点》是童话诗中的佳作：

来一点，
不要太多。

来一点，
不要太少。

来一点，
泥土裂开了嘴巴等。

来一点，
小菌们撑着小伞等。

来一点，
荷叶站出水面来等。

小水塘笑了，
一点一个笑窝。

小野菊笑了，

一点敬一个礼。

诗人沙蕾的《乖乖地睡》是一首写给孩子的睡前诗歌，充满对孩子的爱，但这爱意却表现为饱满而新奇的梦幻色彩，可爱唯美的想象让这首小诗绽放出令人惊艳的异彩。

一只松鼠，

在葡萄架上，

吱吱地，

吃着月光。

但月光是吃不完的呢——

它是月宫中仙女们掉下的歌唱，

也是从那些仙女们的衣袍中，

落下的银色的糖。

仙女们都戴着，

喇叭花的帽，

千万个看不见的铃子，

在裙子上作响。

她们跳舞，

杨柳树，

便弯弯地摇荡。

乖乖地睡吧，孩子，

我让新月做你的摇床，

蓝天垂下透明的帐。

儿童聆听着这样的诗句，沉浸在恬美静谧的意境中，一定会对诗歌梦幻的美感印象深刻。

情感、情节和情趣

作为抒情文学的诗歌，情感的表达占据着核心而首要的位置。以儿童读者为对象的儿童诗，**重视表达儿童的情感，注重以儿童的方式表达情感，儿童诗作因此具有情感、情节和情趣相结合的特点。**

英国早期儿歌集中曾收录这样一首传唱至今的童谣：

> 要是所有的海变成一个海，
>
> 那会是多大的一个海呀！
>
> 要是所有的树变成一棵树，
>
> 那会是多大的一棵树呀！
>
> 要是所有的斧子变成一把斧子，
>
> 那会是多大的一把斧子呀！
>
> 要是所有的人变成一个人，
>
> 那会是多大的一个人呀！
>
> 要是让这个大人拿起这把大斧，
>
> 砍倒这棵大树，
>
> 让它掉进大海里，
>
> 那会溅起多大的一片浪花呀！

这首诗展现了奇妙的想象，但这种想象是与孩子的情感水乳交融的，诗中的世界按照他们的逻辑发生了极致的变幻，相同的句式，相互的勾连，这首童谣不但具有循环往复的韵律感和节奏感，还带有夸张的情节、游戏的意味和浓郁的情趣。

诗人在创作儿童诗歌时，包括抒情诗歌时，总会自觉不自觉地带上一些情节，让情感融汇在人物、事件、场景的描述中。柯岩的《帽子的秘密》、任溶溶的《你们说我爸爸是干什么的？》、意大利作家罗大里的《一行有一行的颜色》、苏联作家马尔夏克的《彼加怕些什么？》等都是具有代表性的出色作品。

诗人柯岩曾为儿童画家卜镝的画作创作一组题画诗，这些抒情短诗并不像作家当年的作品《"小兵"的故事》等诗作那样直接以儿童游戏生活为表现内容，转而通过捕捉儿童瞬间的艺术思维，贴切表达孩子的心理和情感，浓厚的情趣油然而生。

《帽子的秘密》
柯岩 著
长江少年儿童出版社

《春天的消息》

不要，不要跑得那么急，
你，多心的小狐狸！
没有狮子，也没有老虎，
有的只是我，是我呀——
轻轻的雪，细细的雨，
给你送来了，送来了
春天的消息……

以狐狸为题，诗人高洪波也有一首情趣生动、童趣盎然的小诗：

《我喜欢你，狐狸》

你是一只小狐狸，
聪明有心计，
从乌鸦嘴里骗肉吃，
多么可爱的主意！

活该，谁叫乌鸦爱唱歌，
"呱呱呱"自我吹嘘！
再说肉是他偷的，
你吃他吃都可以。

《我喜欢你，狐狸》
高洪波 著
长江少年儿童出版社

也许你吃了这块肉，

会变得漂亮无比！

尾巴像红红的火苗，

风一样掠过绿草地。

我喜欢你，狐狸，

你的狡猾是机智，

你的欺骗是有趣。

不管大人怎么说，

我，喜欢你。

　　整首诗以第一人称叙说，小主人公的情感态度彰显了儿童的立场，诗中人物的率性与天真，通过情境以富有情趣的方式生动表现，作品因此别具神采。

　　抒情诗侧重情感的抒发，当这种情感源自儿童的内心，从儿童的心灵深处迸发，便会生成饱满的儿童情趣。女作家萧萍的抒情长诗《我们去找黑的地方》描绘了孩子在妈妈的贴心陪伴下勇敢探索黑夜的愿望："妈妈，让我们去找黑的地方／现在就出发／我可以穿雨衣吗？妈妈／这样黑的东西／就咬不到／我的屁股和胳膊了／和我一起去吧，妈妈／关上电脑／还有神情严肃的文件夹／求求你／别再让皮鞋唱／天就快亮了／妈妈，让我们去最黑的地方／那里会有小河吗／在月光下／要是它们屏住呼吸／就会变成／我昨天画的画儿／睁着又圆又大的眼睛／穿着有黑乎乎／手指印的长外套／听听看，妈妈／它们也会发出窸窸窣窣的声音／那是图画里小个子的老鼠／把风当成了饼干／轻轻咬了一口／就一小口哦／哈哈，风就假装拼命叫／好疼好疼啊／……／妈妈，让我们去最黑的地方／用手戳一戳／那个最黑的大窟窿／使劲喊一喊吧／妖——怪——快——出——来——／妈妈，是不是声音和光线／让所有的妖怪都很害怕／你看他们马上就缩小了/而且变成了/曲别针、塑料弹珠/玩具手枪的后盖匣/小半颗剥开的话梅糖/一只脏兮兮的乒乓球/嘻嘻，妈妈你看/这个变成乒乓球的妖怪/好像心里很不情愿哟/它一直瘪着嘴巴/准备大哭一场/你说，它是不是有点想家/想它的乒乓球妈妈……/哦，妈妈妈妈/我突然/也有点想家了/我愿意现在就和你/一起从黑的地方回家/我愿意洗澡、理发/我愿意喝热的牛奶/穿上傻乎乎的长袖睡衣/我的耳朵已经竖起来了/想听你讲一只小熊和/一只小老虎/结伴去找/有香蕉味道的/美丽的巴拿马/回家太棒了/您觉得呢，亲爱的妈妈/我好喜欢/这个墨汁一样黑/橘子汁一样/美味的夜晚/要知道，这全都因为/爸爸下午送来的/那个邮包/世界上所有最好的礼物/整个儿加起来/也绝不会超过它了——/一支属于我的/全新的/带鳄鱼头的/红色手电筒"。孩子与母亲的亲密互动，孩子隐秘而微妙的心理活动，在一句句诗歌中跃然纸上，情感与情趣共生。

💡思考与探索
儿童诗为什么会经常带有故事性和情节性？

结构与语言

儿童诗歌结构的安排总体上以自然流畅为特色。叙事诗通常围绕事件的发生发展紧凑安排，侧重故事转折、高潮及戏剧化的结局。抒情诗一般依托感情的起伏铺陈。为小孩子创作的诗歌多以排比、对比、递进形成段落，易于读者感受和把握。写给少年的诗作，对应读者情感思绪的纷繁状态，结构转趋开放，多有随性自在的变换空间。

儿童诗歌的语言具有优美精粹、平易晓畅、富有音乐性等基本特点，无论是偏重叙事或抒情，这些语言特点都会表现出来，但诗歌的具体种类不同，作家风格不同，语言性状亦会随之有不同程度的变化。

在叙事诗以及偏重叙事的作品中，诗歌语言或生动、形象、活泼，富有动感，或风趣、诙谐、戏谑，具有幽默感，语言特点明显区别于抒情诗。诗人任溶溶的作品《没有不好玩的时候》，描画儿童游戏场面，口语入诗，场景鲜活，人物呼之欲出。

《任溶溶文集·儿童诗》
任溶溶 著
浙江少年儿童出版社

> 一个人玩，很好！
> 独自一个，静悄悄的，
> 正好用纸折船，
> 折马……
> 踢毽子，
> 跳绳，
> 搭积木，
> 当然还有看书，
> 画画……
>
> 两个人玩，很好！
> 讲故事得有人听才行，
> 你讲我听，我讲你听。
> 还有下棋，
> 打乒乓球，
> 坐跷跷板，
> 一个人也不能掰手劲。
>
> 三个人玩，很好！
> 讲故事多个人听更有劲，
> 你讲我们听，我讲你们听。
> 轮流着两个人甩绳子，
> 一个人一起一落地跳绳。

四个人玩，很好！

五个人玩，很好！

许多人玩，很好！

人多，什么游戏都能玩，

拔河，老鹰捉小鸡，

打排球，打篮球，踢足球……

连开运动会也可以。

　　儿童抒情诗的语言着重于美感的显现与传递，在字、词、句以音效实现声音之美的同时，会尽可能挑选、组接语汇，力求语言的丰富及新异，呈现诗歌意象，创造诗歌意境。

　　诗人金波的儿童抒情诗创作堪称典范，其诗风清雅灵动，语言运用尽显功底，温润隽永中彰显出的是既传统又现代的美感，他的十四行诗作《雨中的树林》就兼具美的韵律、美的想象、美的情感、美的意境和美的语言：

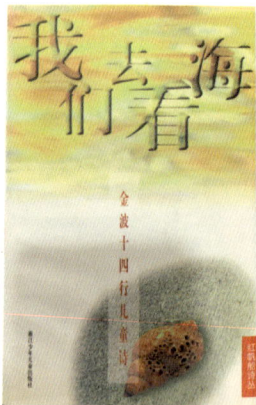

《我们去看海》
金波 著
浙江少年儿童出版社

雨中的树林是个童话世界，

走进去你就会变成一个小精灵，

每棵树都会送给你很多喜悦，

你还会发现很多新奇的事情。

晶莹的雨珠滚动在叶面上，

蜘蛛吐丝给你串一串项链，

落花铺成的地毯又软又香，

还有青蛙击鼓跳舞为你表演。

鸟儿在雨中也愿一展歌喉，
听歌的松鼠摇着毛茸茸的尾巴，
细雨淋过的浆果酸甜可口，
刺猬扎满了一身运回了家，
连那些小雨点都会变魔术，
落在地上立刻就变成了蘑菇。

汉语言博大精深，儿童诗歌作家在语言上的审美追求与艺术表现，为儿童的语言习得及能力发展提供了范本，这也是阅读儿童诗歌价值之所在。

✎**探索与实践**

摘录你最欣赏的儿童诗人的儿童诗作品，根据诗歌艺术特点对作品进行分析和评价。

功能和作用

儿童诗歌的特点可以从不同的方面观察和解说，但**一首儿童诗佳作，往往在音韵与节奏、意象与意境、联想与想象、情感与情趣、结构和语言诸方面，都有出彩的表现。**遴选诗歌作品，品鉴诗歌艺术，应予以全面的考量，以保证儿童诗歌的阅读充分发挥其特有的功能和价值。

儿童的文学欣赏多开始于儿歌的听赏和诵读，因此诗歌是儿童最早接触的文学样式，**在儿童成长的各个阶段，儿童诗歌都具有其他文学样式不可替代的作用。**

对于儿童来说，诗歌的阅读，主要有下面的意义：

※丰富儿童的心灵与精神世界，陶冶儿童性情；

※培育儿童的文学鉴赏力；

※培养儿童的审美意识及审美能力；

※发展儿童语言及情感表达能力。

虽然在儿童自发及自主的读物品类选择中，诗歌并不占据着主体地位，但相比其他文学样式，诗歌还是较多地被收录在小学的语文教材和课外读物中，成为重要的语文课程资源，在一定程度上推动了儿童诗歌在数量和质量上的阅读。

从学前教育到学龄期教育，课内外以多种方式引导少年儿童阅读诗歌，从小养成他们吟诵诗歌的兴趣，提高其鉴赏诗歌的审美能力，对孩子们的精神成长具有极为重要的促进作用。

✎探索与实践

如何培养儿童欣赏诗歌的兴趣？哪些活动能够促使儿童养成阅读诗歌的习惯？

童话

概念和种类

对童话这一体裁的概念，我们有狭义和广义两种认定。狭义的概念将童话定义为**"带有浓厚幻想色彩的故事"**，与国外"童话故事（fairy tales）"相对应，从民间童话衍生而来，主要定位于故事体短篇。我们现有的童话体裁论及相关研究，通常建立在这种狭义概念的基础上，即童话的本体是**童话故事**，童话与诗歌结合成为**"童话诗"**，童话和小说结合成为**"童话小说"**，与戏剧结合成为**"童话剧"**，与电影电视结合成为**"童话片"**。以幻想为核心的童话还经常是动画漫画作品、图画书文本的基本内容。

在具体的作品讨论时，我们沿用的似乎是更为广义的童话概念，即童话不仅包括了传统的短篇故事体文本，还包括了中长篇小说体的幻想作品，比如《爱丽丝漫游奇境》《木偶奇遇记》《柳林风声》《小王子》等，在我国一直被称

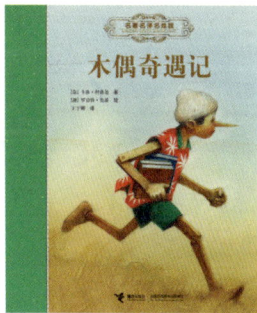

《木偶奇遇记》

[意]卡洛·科洛迪 著

接力出版社

作童话，而在域外的体裁概念中，它们更多地被认定为"modern fantasy（现代幻想文学）"——现代作家创作的不同于"fairy tales（童话故事）"的另一种幻想文学体式。当我们指称的童话体裁包含了"fairy tales"和"modern fantasy"，就是宽泛的集合概念，在这个意义上，童话是**"具有浓烈幻想色彩的叙事文学"**的总称。

相当长一段历史时期，这两种狭义和广义童话概念被理论和创作界兼收并蓄，我们相对模糊且含混的童话体裁概念由此建立。近年来，为实现儿童文学体裁概念的国际接轨，一些研究者提议以"幻想小说"指代西方"现代幻想小说（modern fantasy）"类作品，例如《夏洛的网》《毛毛》《女巫》等，以实现它们与传统及狭义童话的区分。这种区隔的界定，趋向于将童话概念做狭义的认定。这样的处理，带来了一大批原属文学童话经典的作品，比如《木偶奇遇记》《柳林风声》《小王子》等，从原来的"文学童话"范畴内切分出来。纳入"幻想小说"概念，如果只是实现原来在童话中包含的幻想叙事文学"小说"与"故事"意义的区分，我们就要更多地考虑，幻想小说与童话小说的概念，是否有实质性的不同，又有怎样的重合与交集。

西方的"现代幻想小说（modern fantasy）"同样是一个具有兼容性的庞杂体裁概念，细加分析，既包括《毛毛》《女巫》以及"纳尼亚王国传奇"系列等主要由少年儿童读者阅读的作品，也包括"魔戒三部曲"系列、"冰与火之歌"系列等更适合成人阅读的作品。后者作为超现实幻想文学的一个分支存在，发源于神话、英雄史诗及骑士传奇，主要表现"魔幻的异度空间"，通过"幽暗历史"与"黑暗王国"的探寻游历，在野蛮与血腥、惊悚与战栗中展现"人性的考验及恐惧体验"。这两部分作品，虽然都以强烈的幻想性为内核，在预设及隐含的主要读者方面，在内容和艺术表达方面，存在着较为明显的分级和差异。西方的一些研究者曾将"现代幻想小说（modern fantasy）"分为"日常幻想故事（magic in everyday life）"和"奇幻文学（high fantasy）"。与此对应，如果我们将《毛毛》《女巫》等认定为"幻想小说"，或者也需要将"魔戒三部曲"等定义为"魔幻小说"，以基本划分那些大致分属儿童与成人的幻想小说作品。七卷本"哈利·波特"系列或可作为最具代表性的作品，它正好处在两者的交界及分水岭上，同时清晰显示了两者的连接与过渡、跨越与进阶。

小说体的幻想文学作品，从其形成过程看，确与童话存在着同一源头及共生关系。世界童话发展的历史进程表明，文学童话从民间童话中独立之后，作家的创建有从短篇故事体向中长篇小说体的明确转向，篇幅扩充的同时主要还是小说手法的汲取，这个过程从《爱丽丝漫游奇境》《木偶奇遇记》《水孩子》等就已开始，原有的故事体童话衍生、拓展、变异，形成体式独立、形态完备、完全区别于民间童话的一种新的幻想文学形式。这些作品在一定程度上依然具有文学童话的性质，但小说因子的植入及相应影响更为明显。从这个角度看，儿童的幻想小说与童话小说应该没有本质的区别，是基本同义的体裁概念。

将《小王子》《夏洛的网》《毛毛》《女巫》等认定为幻想小说大概没有太多的争议，但使用幻想小说概念讨论《爱丽丝漫游奇境》《木偶奇遇记》等经典作品时，不得不面对概念认知上可能的含混。通过强调童话的故事品质凸显幻想小说的小说性质，通过确认"幻想小说"与"童话小说"两种概念的"同一性"，我们就能借此保留原有的、包含童话本体和合体的基本理论体系，建立起有自身传统和特色的、同时又能与国际幻想文学体裁系统相对应的童话与幻想小说概念。

目前成人幻想文学也同样是创作和阅读的热点，青少年及年龄较大的儿童日益成为成人幻想文学的读者甚至是创作者，儿童幻想文学的内容及表现方向也越来越受到成人幻想文学的影响。我们趋向于用童话小说指代儿童幻想文学，不仅为了实现其与童话故事的区分，也为了进一步强化其儿童文学的性质。至少在儿童文学范畴内，幻想小说是

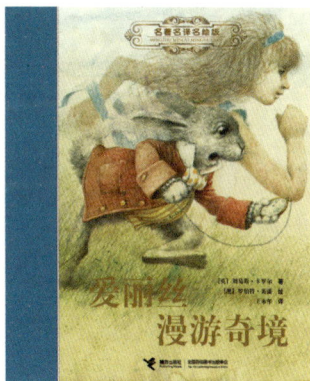

《爱丽丝漫游奇境》

[英]刘易斯·卡罗尔 著

接力出版社

以儿童性为基本属性的文学体式，其体裁特征与少年儿童阅读之间存在关联，需要考虑儿童的审美需要及接受程度，内容表达和艺术表现需要具有潜在的儿童性特征。

厘清童话故事和童话小说、童话小说和幻想小说之间的关系之后，对童话概念可以这样理解：**童话是一个总的文学门类，它主要提供给儿童欣赏，以幻想为主要特征，包括童话故事、童话小说、童话诗、童话剧等样式，有民间童话、科学童话等特殊种类。以少年儿童为读者对象的幻想小说在体裁概念上等同于童话小说。**

✐**探索与实践**

比较"魔戒三部曲"系列和"哈利·波特"系列，看内容和艺术表现上是否体现儿童性方面的差别。

从民间童话到文学童话

童话作为一种专门的文学样式，大致经过了三个阶段。第一个阶段是**口头流传阶段**，童话从神话、传说、民间故事等母体文学形式中孕育，逐渐演变为一种以少年儿童为对象的独特的民间口头文学；第二个阶段是**搜集整理阶段**，口头流传的民间童话经过汇集、梳理、记录、加工，以文字形式编纂成册并传播，逐步确立固定的艺术形态与特征；第三个阶段是**独立创作阶段**，作家通过对民间童话的改写和仿写，掌握了童话的体裁特征，将儿童作为主要的读者对象，发挥个人的想象力进行独立的创作，童话成为专门的儿童文学体裁。

口头流传阶段、搜集整理阶段的童话，无论是口头的还是书面的，从性质上都属于**民间童话**。民间童话具有民间文学集体性、口述性、传承性、变异性、民族性和地域性等特点，人物形象、故事结构的类型化较为突出。

独立创作阶段的童话，属于**文学童话**。文学童话由作家自主创作，个性风格鲜明，即使取材民间，也投射了特定时代社会的相关背景，有作家的审美烛照及文学表达，具有成熟的艺术水准与面貌。

世界各个民族、各个地区、各个国家都有自己的民间童话传统及传承，世界范围的文学童话创作，则缘起于西方。

文学童话的萌芽大约在17世纪末开始出现，标志是法国作家夏尔·贝洛在1697年出版的《鹅妈妈的故事或寓有道德教训的往日的故事》，包含《小红帽》《仙女》《穿靴子的猫》《灰姑娘》《林中睡美人》《小拇指》等八篇散文童话和三篇童话诗。**贝洛童话**主要取材于法国民间童话，也有部分来自欧洲和亚洲的传说与故事，为了让作品符合当时贵族沙龙的欣赏趣味，作者进行了精心的艺术加工和改造，引入了当时的社会生活，补充了口述文学所缺乏的细节描写，在语言方面进行了刻意的装饰和美化。贝洛的加工使原本简单朴实的民间童话变得典雅精致、富有文采，具备了一些文学童话的性质。贝洛童话受到包括儿童在内的广大读者的欢迎，他的成功更带动了法国乃至欧洲一些作家参与民间童话的改写。

《阿笨猫全传》

冰波 著

江苏凤凰少年儿童出版社

在沉寂了一段时间后，18世纪末19世纪初，随着浪漫主义文学思潮的兴起，西方世界开始出现大规模搜集整理民间童话的活动，其中最有代表性的是1812年至1815年，德国民俗学家、语言学家雅格·格林和威廉·格林陆续出版的民间童话集《儿童和家庭故事》。由于格林兄弟坚持认为采集童话应尽可能保持原貌，不做过度加工，**格林童话**的民间童话性质较为确切，在环境的模糊性、人物性格的鲜明性、细节的生动性、故事的模式化、语言的朴素和口语化等方面，有典型的反映和体现。格林童话呈现了几乎所有民间童话的基本主题和艺术特点，为文学童话提供了丰富的资源和可供借鉴及摹写的范式。值得注意的是，为了便于儿童接

受，原本作为研究著作的《格林童话》经过了多个版本的选编，格林兄弟为专供儿童的选本加入了特别定制的插画，率先在民间童话与儿童阅读之间建立起直接的联系，在世界儿童文学及童话史上具有划时代的意义。

1835年，丹麦作家汉斯·安徒生出版了他的第一部童话集《讲给孩子们听的故事》。**安徒生童话**最初的作品如《打火匣》《小克劳斯和大克劳斯》，也来自民间文学素材的加工和改写，但这位天才作家很快摆脱了民间童话的影响和制约，以非凡的想象力选择新的幻想题材，创造新的幻想形象，拓展新的艺术表现空间，并在创作中尽情展现自己的思想情感和精神气质，他最终凭借一百多篇意蕴丰富、艺术精湛、风格独特的童话作品，将童话送入文学殿堂，安徒生也因此成为文学童话的奠基者和世界童话大师。文学童话的孕育，经过了一个多世纪从渐变到质变的过程，以安徒生为标志，**民间童话到文学童话的跨越和飞跃就此完成，文学童话的历史由此开端。**

文学童话产生之后，民间童话并没有失去在儿童文学方面的意义，凭借其特有的形态与艺术品质，受到儿童喜爱。民间童话的素材也一直被许多作家加以利用进行再创作，我国的《神笔马良》《野葡萄》《金色的海螺》《马兰花》《宝船》《鱼盆》等童话作品都有民间童话的基础与风格特色。

《安徒生童话全集》
[丹]安徒生 著
湖南少年儿童出版社

💡**思考与探索**

民间童话（民间文学）一直受到儿童读者的喜爱，为什么？它们最吸引儿童的特点是什么？

幻想性及其艺术表现

幻想是童话的基本特征，具有强烈的幻想性，是童话区别于其他文学样式最显著的标志。在童话作品中，环境、人物、事件都处于超自然的奇异、奇怪及奇特状态，凭借幻想，童话将现实中平凡的人、物、事进行多维立体的组合和拼接，建构起一个非常态的奇妙的艺术世界。

《爱丽丝漫游奇境》的读者一定对爱丽丝梦中堕入的那个怪诞世界记忆深刻：悬挂壁橱和书架的深井，挤满飞禽走兽的眼泪池，用刺猬当球、火烈鸟当球棒的球场，穿背心、带怀表、拿着扇子和戴着小羊皮手套的白兔，长着鹰的头和翅膀还会飞的狮子，整副扑克牌组成的国王、王后和卫队。在那里，小石头落到地下会变成小蛋糕，而吃了这蛋糕个子会长大或缩小；柴郡猫可以从尾巴开始消失，最后剩下笑脸挂在树权上。在《木偶奇遇记》里，一截神奇的木头雕成了聪明、任性又淘气的木偶匹诺曹，他离家逃学，被猫和狐狸拐骗，得到仙女的拯救却不思悔改，结果被坏同学引诱去"玩儿国"变成了驴子，他跳海逃走，被鲨鱼吞进肚子里，居然在鱼肚里与父亲重逢……

这便是童话的神奇世界，它以幻想为根基。虽然任何文学中都有想象和幻想的成分，**但幻想对童话来说，有着非同小可的核心意义，幻想是童话最本质的存在，是童话艺术的根本，是童话的灵魂之所在。**

童话的幻想性依靠艺术手法表达，也依托一些艺术元素呈现。在童话中，这些手法和元素都会生成特定的艺术效果。

※拟人　拟人是指赋予人类以外的有形或无形的各种存在以人的思维、情感、语言和行动能力。童话中拟人的范围几乎是无限的，任何植物动物，生物非生物，自然现象，观念概念及情感思绪等，都可以通过人格化的比拟进入童话世界。

以拟人手法塑造的形象称为拟人体形象，它兼具人性并保留了部分的原有物性或特性。人性和物性的巧妙结合能够为拟人形象带来独特魅力，一些童话的情节也由此生发，比如格林童话中就有《稻草、煤炭和豆子》《老鼠、香肠和小鸟》等篇目，故事情节完全依据事物或动物拟人后物性和人性的契合进行戏剧化演绎，其童话趣味也由此产生。拟人形象的物性衍生出的细节，常常成为童话情节转折的关键，为童话带来逻辑感和真实感。

拟人与儿童"泛灵"心理存在内在关联，拟人童话形象因此天然地被儿童认可和喜爱。以拟人形象为主人公的童话统称为拟人童话，英国作家米尔恩赋予玩具熊"菩"幼童的性格与动物熊的物性，《小熊温尼·菩》因此成为世界著名的幼儿童话。擅长运用拟人手法的中国童话作家很多，比如孙幼军，他的几部代表作如《小布头奇遇记》《小贝流浪记》《小狗的小房子》都是拟人童话。汤素兰的《笨狼的故事》脍炙人口，她塑造的"笨狼"之所以受到广大小读者的欢迎，很大程度上也是因这一"拟孩"角色的传神与可爱，它种种笨拙举动中散发出的天真烂漫尤其打动人心。

作为童话最常用的基本手法，拟人在大多数创作中都有充分地运用。许多神魔仙妖、精灵鬼怪等超人类形象，比如"人鱼公主""水妖精""玫瑰花精""小狐仙"等，其实都兼有一种或多种动植物或事物的外形及物性，实际融合了拟人形象的特点。在科学童话这样的体裁品类中，想象必须建立在科学基础上，拟人是实现其幻想性的经常手段，《小黑鳗游大海》(鲁克)、《小蝌找妈妈》(方惠珍、盛璐德)、《"小伞兵"和"小刺猬"》(孙幼忱)、《圆圆与方方》(叶永烈)等作品就主要运用了拟人手法。

※**夸张**　　夸张通常指通过有意强化和夸大描写对象的某些特点，突出其本质特征以增强表现效果的修辞方法。许多文学艺术都不同程度地运用夸张，但童话的夸张有所不同。

童话的夸张是全方位的夸张，从内容到形式，从宏观到微观，从形象塑造到情节展开，人物的善与恶、美与丑、强与弱、聪慧与愚笨，事物的大与小、长与短、轻与重，事情的好与坏、易与难……无不运用夸张的手法，一些童话故事完全依赖夸张构思和展现，比如在安徒生的童话作品中，娇嫩的公主能隔着20床垫子和20床鸭绒被感受到一颗豌豆(《豌豆上的公主》)；花蕊中长出来的拇指姑娘睡在胡桃壳的摇篮里，拿玫瑰花瓣当被子，闲暇时拿马尾作船桨，乘坐花瓣小船，在水盆中划来划去（《拇指姑娘》）；愚蠢的皇帝竟然光着身子在闹市区大摇大摆地游行（《皇帝的新装》）；老头儿用一匹马换回一袋烂苹果居然得到了妻子的赞美和奖励（《老头子做的事总是对的》）。又比如中国童话作家任溶溶的《没头脑和不高兴》、金近的《狐狸打猎人》等作品，均以夸张设计故事内容，营造戏剧效果，对人物的粗心、任性、胆小等弱点进行讽喻。童话的夸张往往是极度的夸张，这样的夸张可以造成浓烈的童话氛围和童话意味，英国作家罗尔德·达尔特别擅长运用夸张，令童话的想象离奇大胆，儿童阅读他的《好心眼儿的巨人》《女巫》等作品能获得酣畅淋漓的幻想快感。

※**象征**　象征指借助某一具体事物表现某种抽象的思想、概念、情感或特殊意义。象征往往利用象征物与被象征物之间的某种联系，具有相对性和间接性，部分以隐含、隐喻和隐射的方式寄寓，在童话中制造深层次的幻想效果和情趣。

在童话中，象征手法被普遍运用，既有局部的象征，也有整体的象征。比利时戏剧家梅特林克的剧作《青鸟》是一部象征主义童话剧，象征贯穿于剧作的主题、情节、场景、角色及语言表现的方方面面，青鸟象征幸福，主人公拜访"记忆之土""夜宫""幸福园""墓地""未来之国"，找寻青鸟象征人类获得幸福的可能途径。作品还以拟人形象直接象征了吃喝玩乐等享乐派的假幸福，儿童、健康、空气、亲人、蓝天、森林、日出、春天等真幸福，公正、善良、理解、审美、爱、母性等快乐。作者将象征手法运用到极致，令诗意的想象和深邃的哲理在作品中达到完美的统一。

在童话作品里，人物、环境、情节都可

《长袜子皮皮》

[瑞典]阿斯特丽德·林格伦 著

中国少年儿童出版社

以带有鲜明的象征意义。瑞典作家林格伦以童话人物"长袜子皮皮""小飞人卡尔松"代表儿童内心狂野想象力的释放（《长袜子皮皮》《小飞人卡尔松》）；英国作家巴里以"永无岛"象征人类永恒的童年梦想（《彼得·潘》）；丹麦作家安徒生以"丑小鸭成长为天鹅"象征自己的人生道路和奋斗历程；中国作家张天翼以"宝葫芦"象征不劳而获的思想观念；严文井以"小溪流"象征时代奔流奋进的精神、以"下次开船港"象征时间和生命；汤素兰以南村中的种种传奇意涵了田园乡土之思及传统文化之根；郭姜燕以布罗镇少年邮递员阿洛送信给镇北森林中动物居民的奇幻故事，表现对时代、社会及人性的内省……通过象征，童话的幻想与现实紧密而深刻地连接起来，提升了文学作品应有的思想价值和审美价值。

※ **变形**　变形通常指人物或事物的外形或性质发生异乎寻常的超自然变化。变形能造成强烈的幻想效果，是神魔类民间童话最常用的手法，现代文学童话中也会作为显性的幻想手法加以应用，比如安徒生的《野天鹅》中，艾丽莎的哥哥们被继母变成了野天鹅，只有夜里才可以恢复人形。为解除变形的魔法，依照仙女的指点，艾丽莎一直采摘荨麻编织麻衣并保持沉默，她当上了王后，却被诬陷为女巫，在她被施以火刑的最后关头，她将麻衣抛向正飞过她头顶的野天鹅，因为这件衣服的衣袖没有完成，她最小的哥哥恢复人形却留下了一只天鹅翅膀。

童话中的变形有部分变形、全部变形、渐变和突变等多种形式，比如《木偶奇遇记》中，匹诺曹因说谎而鼻子变长，在玩儿国变成驴子；《爱丽丝漫游奇境》中，爱丽丝喝了饮料、吃了蛋糕，身子突然变大、缩小；《格林童话》中，青蛙变成了王子（《青蛙王子》）、王子变成了小鹿（《小弟弟和小姐姐》）等。童话中的变

《永远玩具店》
葛竞 著
新蕾出版社

形大多是由外力促成的，进入梦幻、中了魔法或食用、饮用有魔力的食物饮品，小部分神魔人物的变形是自我变形，比如葛竞的《永远玩具店》中的金鱼灯笼的种种变幻，最终能幻化成一座小屋；彭懿的《老师，操场上有个小妖怪叫我》中，小妖怪为了让"我"跟他相像，让"我"长出了一个尖角、两个大耳朵；鲍姆的《奥兹国的魔法师》中的奥兹在作品中就多次变形，变成老头、美妇、怪兽，还变成过一个丑陋的大头颅。

童话中的变形伴随情节的进展经常有"变异"和"恢复"的过程，但也有不同逆转的"意外"，英国作家罗尔德·达尔的《女巫》中的小男孩变成了一只小老鼠，作者让小主人公到故事结束也没有恢复原形，刻意造成怪诞的艺术效果。

※**魔法**　魔法通常指童话中由超人类童话角色施展的法术。传统民间童话中，神魔仙妖具有各种神奇法力，他们施展魔法，操控普通人的命运，魔法在这类童话中是展开情节及故事的主要依托与支撑。《灰姑娘》是经典的魔法版"童话"，魔法让妈妈坟前树下一次次出现水晶鞋、金缕衣，将南瓜变成马车、老鼠变成车夫，给读者留下了特别神奇的印象。魔法在魔幻类幻想文学中也是核心的艺术构成，各种奇特怪诞的魔法生成了让读者眼花缭乱、光怪陆离的幻想效果，"哈利·波特"系列就是典型的代表。

魔法本身没有善恶的性质，但掌握魔法的神魔人物有善恶之分，分属正邪的两派势力有时会展开魔法的较量，让童话幻想性更有充分的展现，同时体现正义或非正义的性质，比如罗琳的"哈利·波特"系列中魔法学校中的众多精彩场面都源自魔术师们的斗法及与伏地魔为代表的黑暗势力的终极较量。神魔人物还经常会针对不同善恶行为施展不同的魔法，形成强烈的戏剧效果。贝洛童话《仙女》中的仙女奖赏勤劳善良的妹妹，让她每说一句话就吐出一颗宝石或一朵玫瑰花，惩罚懒惰傲慢的姐姐，让她每说一句话就吐出一只癞蛤蟆或一条毒蛇。这样的情节在许多童话中都可以见到。

魔法有时通过咒语、口诀实施，有时通过仙杖等工具、宝物施展。

古怪奇特的咒语比如"芝麻开门"能给童话增添滑稽和幽默的趣味。有的魔法却包含复杂烦琐、离奇怪异的层次与环节，比如安徒生的《海的女儿》中女巫为人鱼熬制将鱼尾变成人腿的药水，用水蛇打成结擦洗药罐，滴入自己胸口的黑血，加入无数秘密材料后，药水不仅形成"奇形怪状的蒸汽"还"飘出鳄鱼的哭声"，最后的样子却"像非常清亮的水"；《女巫》中的"86号配方慢性变鼠药"也同样极尽渲染夸张之能事，号称其成分包含"煮好的望远镜、炸好的老鼠尾巴、烤好的闹钟"，再加上"蟹脚鸟的爪子，多嘴鸟的嘴，喷气兽的鼻子，猪跳兽的舌头……"对魔法的诸如此类的怪诞描绘，增强了魔法非常态的诡异神秘感，也极大扩充了它的幻想效能。

魔法与魔幻的世界相关联，经常会被设定为既有的存在突然被主人公发现或进入，以此作为开启幻想故事的起点与基点。比如彭懿的《欢迎光临魔法池塘》，当主人公夏壳壳在魔法池塘站牌下哼起"小水精乖乖，把门开开"的儿歌，后面的玫瑰丛打开了一条通往魔法池塘的隧道；比如在汤素兰的《寻找林木森书店》中，木里凭借那把小兔造型的独特钥匙打开了那扇进入奇幻森林的小门……正是因为有魔法魔幻的空间才可能与现实世界并存、勾连及交互。

※宝物 童话中的宝物之"宝"不仅在于它能够满足人们的需求和意愿，更在于它有着超常的力量和能量，童话中那些以本来面目出现的普通人会因获得宝物而彻底改变命运，当然这种命运的指向也各不相同。民间童话有"寻宝""得宝"以及"宝物失灵""抢夺宝物"等多种类型，常见的"两兄弟分家型""两伙伴出门型"童话也都经常涉及宝物的归属和使用方式。

宝物往往是天赋异禀的常见事物和器物，如灯盏、镜子、盆钵、磨盘、篮筐等。格林童话中的《会开饭的桌子、会吐金子的驴子和自己会从袋子里出来的小棍子》描写的三件宝物，看上去就是一张桌、一头驴和一根棍。童话中的宝物虽有平凡物品的外表与使用功能，却具备令人叹为观止的魔力，比如《打火匣》(安徒生)中的打火匣，打火时能招来三条有神奇本领的大狗;《神笔马良》(洪汛涛)中的神笔，画鸟上天能飞，画鱼入水能游，画牛能下田耕地;《野葡萄》(葛翠琳)中的野葡萄，吃了能让失明的人重获光明。

童话中的宝物有时是神魔人物的法力器物，有时也可以为有缘的凡人拥有，它们还会是某种独立的存在，可以交付和转移，宝物也因此会因拥有人的秉性产生完全不同的作用，并决定其主人的遭际，借此传递宣扬童话的正义原则。民间和作家创作的宝物童话大多因循这一路径或定式，比如卡达耶夫的《七色花》中那朵奇花，一片花瓣能满足小主人珍妮的一个心愿，但她的七个心愿中的前六个皆为小姑娘天真又任性的念想，最后一个心愿指向了对跛行男孩的救助，作品有了情感的升华，也因此寄寓了道德教化的意义;在琼·艾肯的《雨滴项链》中，小女孩梅格因为贪念窃取了同学劳拉的雨滴项链，却完全不能得到其法力，内在逻辑很简单，因为"这条项链只为它真正的主人服务"。

宝物有时是天地孕育的造化之物，需要辛苦地找寻、幸运地相遇或精诚所至地培育，比如王一梅的《浆果王》，通篇的幻想叙事都围绕着浆果王的神奇魔力展开，这个极为罕见的果子可以给冷血人桑土续命，可以让乌鸦获得彩色的羽毛，还可以让小蝶成为真正的浆果精灵。通过浆果王这个宝物，也借助这个宝物在人物间的辗转得失，作者将勇气、无私、担当、宽恕等品格蕴含其中，给少年儿童的成长予以指引。

许多宝物具有思想、情感、意志和行动能力，这样的宝物被视为宝物形象，比如张士杰搜集整理的民间童话《鱼盆》中的鱼盆，张天翼《宝葫芦的秘密》中的宝葫芦就是典型的宝物形象，借助宝物形象作者还会表现相应的社会内容，承载思想教育的内涵。

《宝葫芦的秘密》
张天翼 著
天天出版社

※**幻境**　童话幻境在作家创作的文学童话中更为常见。"兔子洞中的地下世界"(《爱丽丝

漫游奇境》)、"纳尼亚王国"(《纳尼亚传奇》)、"永无岛"(《彼得·潘》)、"奥兹国"(《奥兹国的魔法师》)、"姆咪谷"(《魔法师的帽子》)、"豆蔻镇"(《豆蔻镇的居民和强盗》)、"雾谷"(《雾中的奇幻小镇》)等都是充满童话意味的幻想国度;中国现当代作家严文井、汤素兰、彭懿等的童话中也都打造了"下次开船港""奇迹花园""魔法池塘"等引人入胜的梦幻之境。

作家设置特定的童话幻境,首先是作为童话人物活动的环境,除了渲染童话气氛和制造幻想效果,让人物故事环境融为一体,也有建构幻想逻辑的功能,因为在幻境中,一切现实世界中的不可思议与超乎寻常都可能发生。

童话幻境具有或新奇、好玩、有趣的特点,部分或全部反映儿童的心理和情感,同时又因为幻想情节或故事呈现出个性化的特质,有时会神秘或怪诞,超越儿童的日常经验,从不同层面满足孩子们的好奇心和想象力,比如"巧克力工厂"(《查理和巧克力工厂》)、"霍格沃茨魔法学校"("哈利·波特"系列)。有的幻

《电话里的童话》
[意]贾尼·罗大里 著
中国少年儿童出版社

境则同时具有象征性,比如詹姆斯·巴里的"永无岛"、菲莉帕·皮尔斯笔下的"午夜花园"、严文井的"下次开船港"、汤素兰的"林木森书店"。还有一些幻境具有强烈的讽喻意味,比如姜尼·罗大里的《假话国历险记》中的"假话国"、圣埃克苏佩里的《小王子》中的"国王星""酒鬼星""商人星"等。

童话幻境有时与现实世界是叠加合一的关系,有时则是平行共存的关系。后者会有主人公进入幻境条件和途径的设定,比如做梦、误入或跌落,发现经过某种通道,比如一扇门、一座桥、一个洞口、一个站台,有钥匙、咒语、工具等媒介或特殊的时间节点,有多次往返穿越及回到现实的情节安排。

童话中的幻境因应人物、故事及场景具有不同的性状，会置于不同的文化背景之中，审美的调性也各有千秋，营造出独具色彩及魔力的幻境是童话作家的共同追求，也是其作品水准及功力的反映和体现。

应该注意到，**拟人、夸张、象征、变形、魔法、宝物、幻境是童话基本的幻想手段**，一篇或一部童话往往需要综合运用多种幻想手段，才能达到理想的幻想效果。童话形象虽有拟人体、超人体、常人体角色的区分，但在文学童话中，童话角色有时会进行叠加及融合的塑造，比如在"哈利·波特"系列中的魔法师都是常人和超人的结合体，其间出没的或善或恶的妖魔怪兽又集合了超人与拟人的特点。从幻想文学的发展进程看，所有这些主要从民间童话中承接的幻想手段，未来会不断通过作家的创作进行组合、叠加及全新运用，并以此作为幻想艺术拓展的重要方向。

♥思考与探索

童话中运用的幻想手段还有哪些？在作品中如何表达和呈现？

现实性和逻辑性

童话是幻想的艺术，具有突出的幻想性。同时，**童话也具有深刻的现实性，童话的幻想根植于现实，更反映现实——运用幻想艺术的特殊手段反映本质的现实。**人世间有纯洁深厚的手足之情，安徒生童话才有为救陷入魔法桎梏的兄弟而赴汤蹈火的艾丽莎（《野天鹅》）；情侣间有少女真挚热烈全身心投入的爱恋，安徒生笔下才有为爱奉献及牺牲的人鱼公主（《海的女儿》）。时代与社会同样会投射在童话的方方面面，常人体的童话人物常常是真实世界中孩子们的代言人，比如瑞典作家林格伦塑造的长袜子皮皮、淘气包埃米尔、疯丫头马迪根，比如中国作家郑渊洁笔下脍炙人口的童话人物皮皮鲁、鲁西西。透过中外童话中的这些形象，顽皮淘气的男孩女孩，或是可爱的乖乖女，都显示出孩子的天真以及他们渴望释放的活力与解放的天性。在童话中，普通劳动者因勤劳勇敢获得神仙的帮助，拥有财富和幸福，品行不端、为富不仁的人受到惩处，恶有恶报，弱小战胜强大，智慧化解灾难，代表的是生活在底层的劳苦大众的期待和积极乐观的人生态度，而种种宝物也联系着人们的日常生活和朴素的愿望。"霍格沃茨魔法学校"令人啧啧称奇的魔法，依然有着老师、学生、学习、考试等学校常态，"永无岛"地上地下的儿童乐园，从万千孩子心中位移而出，蕴含其中的是游戏至上的儿童精神。无论童话的幻想多么神奇、多么奇异，都折射着现实，建立在现实的基础上。周锐的《九重天》中，善财童子对仙界九重天的一番重新调度，基于对社会不合理现象的洞察与批判；宗璞的《总鳍鱼的故事》里，"真掌"和"矛尾"的不同进化历程，有着社会发展观的理性思辨；在周晓枫的《小翅膀》中，送噩梦的小精灵串联起当代生活中孩子的性格、心理与情感，作家对儿童教育的问题思考与成长干预隐含其中。对现实的观察、审视、关切以及表现的深度、广度及力度，在很大程度上决定着童话作品的思想价值。

完成度高、受读者欢迎的童话作品，幻想性和现实性并不以冲突的方式相互羁绊，而是以契合的方式相辅相成。幻想夸大凸显着现实，现实令幻想真切可感、真实可信，在虽幻犹真的幻想、在交织幻想的现实中，童话建立起它独有的叙事空间、美学形态与艺术魅力，其中包括童话逻辑及逻辑运行中的机巧和趣味。

传统的童话理论认为，童话逻辑是童话幻想和现实结合的规律，是童话现实性的体现和反映，认定童话逻辑包括"幻想逻辑""假定逻辑""物性逻辑"等具体构成，比如人鱼公主将鱼尾变成少女的美腿，必须喝下海女巫制成的魔药，在人间的每一步都需经受刀尖上行走的苦痛；爱丽丝在奇境中的所见所闻有着梦的断裂与荒诞；匹诺曹怕火不怕水是因为它由木头雕成；稻草人不能帮助落难妇人、不能挽救濒死的鲫鱼，是因为它被"定在泥土里，连半步也不能自由移动"。有的童话是在事理逻辑的基础上，通过夸张衍生情节并实现从现实场景到幻想情境的跨越，比如张天翼的《大林和小林》，大林的寄生生活让他好吃懒做、肥胖无比且一无所长，他在运动会上比赛输给蜗牛，指挥怪物推动火车，最后饿死在富翁岛上；任溶溶的《没头脑和不高兴》，背着行李和锅碗瓢盆的观剧者长途跋涉前往剧场的奇观，是因为位于没有电梯的三百层高楼上的剧场就是由粗心的"没头脑"设计的，其幻想的逻辑首先是夸张的逻辑。

应该说，在相关具体作品中，这些童话逻辑是成立的，但不能把它们看成普遍的、所有童话作品都会遵循的逻辑。某一部作品的逻辑规则往往不适用于另外的作品，所有的逻辑都可能被冲破、颠覆及重构。林格伦的《小飞人卡尔松》中，背上有螺旋桨、肚皮上有开关按钮的小飞人"突兀"地住在瑞典首都斯德哥尔摩一座普通楼房的楼顶上，作者完全没有说明人物的出处与来历；罗尔德·达尔的《好心眼儿巨人》中，小女孩惊心动魄的经历并没有被解释为一场梦；塞尔登的《时代广场的蟋蟀》里，老鼠塔克和猫儿哈里从一对天敌变成了形影不离的老友；葛竞的"永远"玩具店因何存在、为何集合着那些存在于记忆中的老玩具，作者没有推演；王一梅的"浆果王"在吞食它的乌鸦死后获得重生、冲破了植物经由种子孕育生长的物性逻辑，因人物及情节的铺垫并没有失真感；在彭懿笔下，十岁男孩夏壳壳的种种奇妙际遇源于他进入的是一个涂鸦世界，所有的逻辑都能自洽，因为它是孩子们信马由缰的异想天开、胡写乱画的信笔拈来。在这个意义上，逻辑是作家创建的，拥有无边界的自由与开放。我们需要从童话艺术的高度认识和理解童话逻辑的性质、状态和意义。

童话逻辑是童话幻想反映现实的一种特殊逻辑，它并不是现实制约幻想的限制性规

《浆果王》

王一梅 著

新蕾出版社

律，而是实现幻想与现实结合的桥梁和纽带，通过童话逻辑的调配和组织，幻想可以和现实在某个层面上完成对接，幻想会因此获得奇妙感和真切感。童话逻辑是童话幻想内容的重要组成部分。

童话逻辑有弹性，可变化，借助作品具体的形象或情节自然生发，不带有普遍性，只要能在情境中达到自洽的效果，获得读者体认即可。

具体一部作品的童话逻辑基本由两部分组成，一部分是包孕在作品整体中、被作者和读者默认的"隐性逻辑"，另一部分则是由种种细节强化的"显性逻辑"。"隐性逻辑"关联着作品的现实性，是潜在的基础性逻辑。"显性逻辑"关联着情节构思，制造出真幻合一的童话效果，比如在安徒生的《丑小鸭》中，主人公从丑小鸭到白天鹅的艰辛之路，成为故事的主线、戏剧性高潮及主旨生成的基础，其隐性逻辑不仅是"只要你是天鹅蛋，生在养鸡场里也没什么关系"的事理，也包含积蓄力量、蜕变成长的励志情理。《海的女儿》中，人鱼公主最终放弃以王子的生命换取重回海宫殿的机会，是因为她明白自己变幻身形投身人间的初心及追求人类不灭灵魂的意愿。至于显性的逻辑，经常是一个或数个鲜明而经典的细节，比如在刘易斯的《狮子、女巫和魔衣柜》中，进入纳尼亚王国需要在特定的时间穿过衣橱后壁那扇时隐时现的门；在罗琳的"哈利·波特"系列中，进入霍格沃茨魔法学校则需要穿越墙壁进入火车站的9又3/4站台；会唱歌的蟋蟀切斯特依靠弹奏乐曲为朋友募捐，在纽约时报广场地下车站举行乡村歌曲演奏会（《时代广场的蟋蟀》）；会织网的蜘蛛夏洛依靠吐丝挽救朋友的生命，在猪舍织出写有"王牌猪"字样的蛛网（《夏洛的网》）。中国当代童话中也有许多精彩的逻辑细节，为读者所津津乐道。黄颖曌的《不存在的小镇》别开生面、各有特点，是因为它们都出自一位会讲故事

《欢迎光临魔法池塘》
彭懿 著
浙江少年儿童出版社

的老婆婆，慰藉男孩的天马行空；小河丁丁的《老街书店的书虫》秉承中国古代志怪小说的传统，同时受到域外灵幻小说的影响，让大自然中的山川草木、鸟兽虫鱼幻化出的精灵精怪，亦庄亦谐活动于世俗的人间，许多逻辑细节还内在的勾连着儿童日常的奇异梦想。逻辑细节无不绝妙地显示了童话幻想和现实结合的特殊性和独有魅力。

如果说童话逻辑首先在于逻辑效果，特别是读者的感受，那我们可能要确认这种逻辑与儿童心理之间的对应关系。儿童有着万物有灵的泛灵思想，他们思维活动常常带有的直观具象、随意性与跳跃性，都与成人相异。正因为如此，童话的幻想是否合乎逻辑，依据的可能是儿童的标准，符合了儿童的想象规律及情感指向，所以童话就天然的具备了逻辑性。

💮**探索与实践**

找一部童话作品，体会它的隐性逻辑和显性逻辑。

功能和意义

童话除了独有的艺术特征，还兼有儿童文学的基本特点，很多文本因为其深刻的思想、生动的故事、优美的语言及多样的风格等，具有了较高的文学艺术及审美价值。世界各国都有民间童话典籍及经典作家童话已经成为世界文学遗产的组成部分，为成人和儿童共读。

以幻想性为基本特征的童话，在以下方面发挥着特别的意义和作用：

※让儿童享受幻想的乐趣；

※发展儿童的想象力；

※引导儿童进行道德判断；

※宣泄释放儿童的心理压力；

※吸引儿童自主阅读，培养阅读习惯；

※培育儿童的文学趣味和鉴赏能力等。

由于童话和幻想文学深受儿童的喜爱，一直是儿童文学最重要的体裁，而在作品的广泛接受和流传中，童话的道德教化、社会认知、诗学审美、娱乐消遣等诸多功能得到进一步彰显。

与此同时，童话还会与多种体裁结合，以题材内容的方式进入动画动漫、图画书、图像小说等新兴艺术品种。对童话本体的浓厚兴趣，能促进儿童的拓展阅读，让他们领略童话幻想在不同文学体式中形态各异的表现，并从中得到熏陶和滋养。

❤探索与实践

对儿童读者调查，记录并整理出他们喜欢阅读童话的主要理由。

少年儿童小说

概念和种类

小说是一种受到读者广泛关注和喜爱的叙事文学样式，它通过语言，借助艺术手法塑造典型人物形象、完整叙述故事情节、生动展示环境，再现和反映社会生活，表达作家的思想情感。少年儿童小说首先是小说，其概念主要与读者对象有关。由于儿童和少年在阅读趣味和欣赏能力上存在一定差异，少年儿童小说包含儿童小说和少年小说两个层次，分别归属童年期文学和少年文学。而依据作品的篇幅长度，又可分为短篇、中篇、长篇几种。

根据作品题材、内容和艺术表现特征，少年儿童小说还可做具体品种之分，主要包括：教育小说、校园小说、成长小说、流浪小说、动物小说、冒险小说、历史小说、推理小说、童话小说、科幻小说、图像小说等。

※教育小说　　教育小说是最早出现的少年儿童小说品种，主要描写儿童在成人的教育引导下完成从自然人向社会人转化的历程，以道德品质及良好习惯培养儿童是其核心的主体内容，反映了时代社会的教育观念。世界范围内的教育小说经过几个世纪从古典到现代的发展阶段，经典性的代表作品有《小妇人》（奥

尔科特）、《海蒂》（施比利）、《爱的教育》（亚米契斯）、《窗边的小豆豆》（黑柳彻子）等。

※**校园小说**　校园小说侧重描写少年儿童在学校和家庭的日常和现实，富有生活气息，儿童情趣浓郁，代表作有诺索夫的《马列耶夫在学校和家里》、古田足日的《一年级大个子二年级小个子》、张天翼的《罗文应的故事》、秦文君的《男生贾里》、杨红樱的"淘气包马小跳"系列等。

※**成长小说**　成长小说记录和反映少年身心成长，注重人物社会化生活与内心情绪的表达，凸显成长的变化。中国作家的代表作有曹文轩的《草房子》、陈丹燕的《上锁的抽屉》、殷健灵的《纸人》、彭学军的《腰门》、薛涛的《桦皮船》等。

※**流浪小说**　流浪小说主要描写底层儿童的流浪生活，借以反映社会各阶层的状况，代表作有埃克多·马洛的《苦儿流浪记》、班苔莱耶夫的《表》等。

※**动物小说**　动物小说主要表现动物的生活和生存状态，多采用人性化的视角，形成对人类社会的反观，代表作有《第七条猎狗》（沈石溪）、《冰河上的激战》（蔺瑾）、《狼獾河》（格日勒其木格·黑鹤）、《飞越喜马拉雅》（刘虎）等。

※**冒险小说**　儿童冒险小说主要表现少年儿童身陷险境、自救脱困的不寻常经历，情节惊险、冲突激烈，有的包含探险、寻宝的故事内容，代表作包括《汤姆·索亚历险记》及《哈克贝利·费恩历险记》（马克·吐温）、《金银岛》（罗伯特·路易斯·史蒂文森）等。

※**历史小说**　儿童历史小说以真实的历史为背景，从儿童的角度呈现事件或聚焦历史人物年少时的生活，依据史实，适度虚构，注重传奇性，代表作有《少年天子》（凌力）、《苏武牧羊》（曹文轩）等。

※**推理小说**　儿童推理小说主要描写少年儿童参与侦破过程的各种探案，注重表现儿童敏锐的洞察力和机智，悬念迭出，结局意外，代表作有《大侦探小卡莱》（林格伦）、《埃米尔捕盗记》（埃·克斯特纳）等。

※**童话小说**　童话小说是童话和小说的结合体，作品以小说的体式

和表现手法逼真地描绘超现实的人物、环境和事件，代表作有怀特的《夏洛的网》、恩德的《毛毛》、罗尔德·达尔的《女巫》、罗琳的"哈利·波特"系列，中国作家最受关注的有汤素兰的"幻想精灵"系列，彭懿的"我是夏壳壳"系列、"我是夏蛋蛋"系列等。

※科幻小说　科学幻想小说以幻想的手法构思和展开，有所谓软硬之分。硬核科幻侧重于表现对未知领域的探索和超前预想，软科幻则注重表达对科学参与人类文明过程的反思与辩证，代表作有《地心游记》（儒勒·凡尔纳）、《时间机器》（威尔斯）、《弗兰肯斯坦》（雪莱）、《我，机器人》（阿西莫夫）。中国为少年儿童创作的科幻小说《小灵通漫游未来》（叶永烈）、《霹雳贝贝》《非法智慧》（张之路）等。

※图像小说　图像小说是在漫画读物基础上衍生变化出的一种新兴体式，比传统漫画更偏重文学性，多数具有较长和较为复杂的故事情节，多带有奇幻魔幻的色彩，面向青少年读者的图像小说会在题材和内容上有所考量，代表作有布莱恩·塞兹尼克的《造梦的雨果》《寂静中的惊奇》，还有雅各布·维格柳斯的《萨利·琼斯的传奇历险》。

🧠**探索与实践**

调查儿童读者最喜欢的小说品种，列出排序并归纳原因。

内容和主题

少年儿童小说主要在内容和主题上显示出与成人小说的不同，它**主要描写少年儿童的生活**，他们在学校、家庭、社会中的**现实生活**及他们内在的**精神生活**——思想、情感、心理和想象。

由于作家的笔触深入到各个国家各个时代少年儿童生活的各个层面，**少年儿童小说呈现了丰富多彩的儿童生活图景**。《小兵张嘎》（徐光耀）、《我和小荣》（刘真）、《少年的荣耀》（李东华）等作品，通过惊心动魄的传奇故事，展现了战争时代儿童的机智勇敢;《马列耶夫在学校和家里》

（诺索夫）、《淘气包埃米尔》（林格伦）、《两个小洛特》（凯斯特纳）、《婷婷的树》（金波）、"戴小桥和他的哥们儿"系列（梅子涵）、《我要做好孩子》（黄蓓佳）、《戴面具的海》（彭学军）等作品，则通过描绘儿童富有情趣的日常生活，展现儿童积极进取、健康快乐的天性；《丑八怪》（热列兹尼科夫）、《绿山墙的安妮》（蒙哥马利）、《我亲爱的甜橙树》（若泽）、《山羊不吃天堂草》（曹文轩）、《焰火》（李东华）、《阿莲》（汤素兰）、《逐光的孩子》（舒辉波）等作品，通过描写少年儿童生活中的外在矛盾和内心冲突，揭示儿童成长中面临的考验与挑战，表达他们对成长的感受和生命的体验。正因为少年儿童小说多角度书写、全方位体察少年儿童的生活，真切表达他们的内心情感，展现时代与社会现实，能够给予青少年儿童思想的引领和成长的力量，这一体裁样式拥有了广大的读者群，成为儿童文学最受欢迎的读物品种。

从现在回望过去的童年是少年儿童小说创作的常见视角，社会历史与文化传统则是其重要的内容，文化背景及环境中的成长书写，让作品更为扎实厚重，艺术表现空间也更加开阔。近年来的中国少年儿童小说创作在这一领域取得了丰硕的成果，徐贵祥的《琴声飞过旷野》、孟宪明的《三十六声枪响》、叶广芩的《耗子大爷起晚了》、张之路的《吉祥时光》、赵丽宏的《童年河》、史雷的《将军胡同》、荆凡的《颜料坊的孩子》等作家作品，描绘各个时期少年儿童的精神面貌和成长姿态，展现了革命文化、传统文化、先进文化对孩子们的滋养与培育。一些作品聚焦边地少数民族生活，比如杨志军的《巴颜喀拉山的孩子》、阿来的《三只虫草》、薛涛的《桦皮船》、唐明的《河源清澈》等，少数民族文化色彩浓厚，描摹特定地域风光、风情、风土、风俗的同时，将自然保护与生态文明建设的宏大主题蕴含

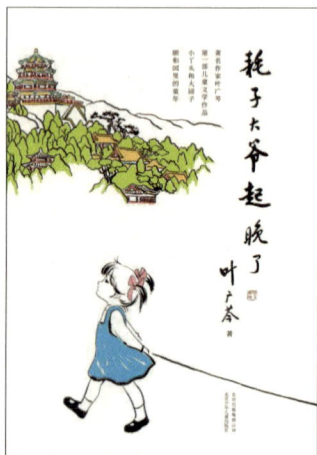

《耗子大爷起晚了》

叶广芩 著

北京少年儿童出版社

其中，体现了我们赓续文脉同时兼顾创新性、现代化发展的时代理念。

以少年儿童为主要表现对象的小说也会涉及成人形象和成人生活，主要以三种方式呈现，一是与少年儿童生活形成对照，其中不乏负面观感的成人角色，比如《寻找鱼王》中的老族长，还有被名利欲望裹挟的两位鱼王；一是作为少年儿童观察审视的对象，比如秦文君的《天堂街3号》中，郎郎的父母、外婆及其妹妹们，还有他家的邻居、亲戚等，都以孩子的视角审视；一是作为少年儿童成长的社会环境和社会基础，比如曹文轩的《草房子》，少年主人公桑桑就是在油麻地男女老少的"一连串轻松与沉重的遭遇"中"懂得善良、懂得同情，学会坚韧、学会面对"，最终走向了成熟。少年儿童小说以此多了复杂的人生况味，也有了丰厚的思想底蕴和审美内涵。

草房子

曹文轩 著

《草房子》

曹文轩 著

江苏凤凰少年儿童出版社

在少年儿童小说作为儿童文学体裁的草创阶段，作家一般认同对其题材进行限制。随着儿童观、教育观、儿童文学观的嬗变，严苛的禁忌原则逐渐消弭。20世纪中叶第二次世界大战后，包括种族、阶级、战争、犯罪、虐待、校园暴力、性取向等，在少年儿童小说中都可以有一定尺度的写实表现，这也标志着当代少年儿童小说正日益走向开放与完善。一些国外的成长小说，比如卡勒德·胡赛尼的《追风筝的人》、珍妮特·菲奇的《白夹竹桃》、约翰·伯恩的《穿条纹衣服的男孩》等在这方面比较典型。

少年儿童小说的核心主题是成长。 儿童，是成长进程中的儿童。成长，发生于儿童生活的各个时段各个层面，无论少年儿童小说取自怎样的角度，只要朝向他们，都会刻录下成长的印记，比如《罗文应的故事》描述的是一个贪玩的孩童在同伴的鼓励和扶助下增强意志力的成长故事；

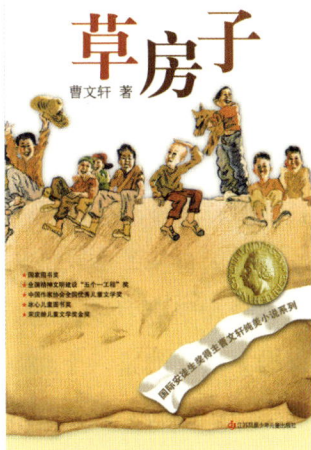

《小兵张嘎》讲述的是战争年代一个乡村儿童在血与火的洗礼中成为战士的成长故事;《金珠玛米小扎西》描写的是一个获救的进入哨所的藏族少年在戍边军人集体爱护和感召下成为合格战士的成长故事;《中国兔子德国草》刻画的是一个出生在海外的中国儿童在不同文化交互影响下的成长故事;《表》展示的是一个带有不良习气的流浪儿在教养院的学习和劳动中走向自新的成长故事;《汤姆·索亚历险记》表现的是一个顽劣少年在冒险和困境中经历生死考验和人生抉择的道德成长故事;《麦田里的守望者》描绘的是一个叛逆少年混迹成人场所捍卫纯真,渴望救赎的成长故事……**成长主题让少年儿童小说整体呈现出积极向上、逆风飞扬、理想主义的格调。**

需要注意的是,少年儿童小说的主题注重培根铸魂、启智增慧的思想性与教育性,弘扬主旋律,具有正能量,并不影响作家创作时选择直面社会问题、批判现实的立场态度,包括选择与处理悲剧性题材。相关作品的少年儿童文学属性及品质,主要以其对读者可能产生的影响为衡量原则和标准。

💡思考与探索
少年儿童小说是否应该反映成人生活的阴暗面? 为什么?

人物形象与故事情节

形象塑造是小说艺术重中之重,读者阅读小说,总是会被小说中的人物吸引和感召。少年儿童小说非常重视人物形象的塑造,包括**成功塑造时代色彩鲜明、具有典型性和代表性的少年主人公、由一众性格各异的同伴构成的人物群像以及陪伴引领他们成长的成人形象。**

感动当下是作家秦文君的创作宗旨,而她的长篇小说《男生贾里》《女生贾梅》受到读者的喜爱,首先是因为作品中有贾里、贾梅、鲁智胜、林晓梅等阳光少年形象,他们带有20世纪90年代特有的精神气质,思想活跃、性格开朗、善良正直、聪慧敏锐，能与读者共鸣共情。

作为成长中的生命个体，少年儿童形象会带有时代的印迹，也会有超越时代的共性。作家曹文轩就更为注重对童年共有经验的把握，他笔下的少年生活在不同的地域时空，但作品力图将少年的成长处理为既纯净又杂芜、有欢欣也有苦痛的过程，努力还原他们成长的路径，并挖掘其中的基本要素，特别是那些少年们都要经历的处境、都会产生的情感与体悟，他诸多作品中的形象都建立在这样的创作理念上并因此获得了打动人心的艺术力量。最有影响力的《草房子》，给读者留下深刻印象的首先是热诚的桑桑、坚守自我的陆鹤、明慧的纸月、坚韧的杜小康……作品的成功在很大程度上源自人物塑造的成功。

新世纪少年儿童小说的创作成就在形象塑造上就有充分的体现，大批丰满生动、立体鲜活的人物的出现，让我们现当代百年以来的少儿文学形象画廊得到了极大的丰富。曹文轩创作的系列作品中的丁丁和当当，张之路创作的系列作品中的弯弯，叶广芩创作的系列作品中的丫丫，李东华的"致成长"系列中的艾米、哈娜、小满，黄蓓佳的《童眸》中的朵儿，汤素兰的《阿莲》中的阿莲，彭学军的《建座瓷窑送给你》中的黑指，薛涛的《桦皮船》中的乌日，于潇湉的《冷湖上的拥抱》中的孟海云等。对儿童观及对童年的全新理解，让作家们的笔触有了更贴合少年儿童本真气质与本来天性的气象，有了更为自由、灵动飞扬的情态，更重要的是有了现代化中国孕育并赋予的跟世界各国孩子齐头并进、朝气蓬勃的气质风貌，无论他们在作品中属于哪个时期，其形象本身都有着新时代的精神品格。

现在的创作者更加重视少年儿童在成长中的姿态和特点，有意识地避免"小大人"以及"高大上"的形塑弊端，肯定他们优良品质，同时关注他们可能的弱点与缺陷，不仅是一些行为问题，比如撒谎、偷拿、欺凌、任性等，也包括那些隐藏在内心深处的只会在不经意间显露出的胆怯、软弱、自私、嫉妒等，人物会因此更为真切，配合着成人世界的各种人物及人性的复杂状貌，也切近了孩子们日常面对的真实生活。黄蓓佳的《童眸》、李东华的《焰火》、舒辉波的《逐光的孩子》、于潇湉的《冷湖上的拥抱》等都在这方面有所突破和建树。

外国经典儿童小说虽然有文化与地域的差异，但人物形象的魅力依然是作品赢得读者关注的重要因素。在外国儿童小说众多类型的人物中，顽童形象最能得到读者的青睐。离经叛道却秉性良善的汤姆（《汤姆·索亚历险记》），机智勇敢、想法多总闯祸的埃米尔（《淘气包埃米尔》），聪明好动、天真烂漫的小豆豆（《窗边的小豆豆》），狡黠机敏的流浪儿彼奇卡（《表》）……在他们的身上，更多表现出儿童的好奇心、想象力、旺盛的精力与活力，让读者感同身受、心向往之。

吸引少年儿童读者阅读的小说，除了人物形象，故事情节也十分重要。特别是中长篇小说，作者需要预埋线索精心设计，以故事线构架全篇，调动悬念、制造戏剧冲突，生成跌宕起伏的情节，以保证读者始终沉浸在作品情境中。虽然部分新锐先锋小说也做过淡化情节的尝试，但叫好又叫座的作品尚在少数。总体而言，**少年儿童小说还是重视并依靠情节的精巧构思与安排，以讲好故事、彰显故事力量为努力方向**。

战争题材的小说《鸡毛信》(华山)至今依然有广大的读者，这与作品极富戏剧性、传奇性的情节有密切的关系，海娃送信、藏信、丢信、找信、再次藏信，那封关系重大的鸡毛信的安全构成了紧张的悬念，在情节的曲折推进中，海娃机智勇敢的性格得到了充分的表现；小说《表》有同样性质的情节设计，彼奇卡得表、丢表、找表、藏表、等候取回表、归还表，作品围绕那只抢来的金表的得失与归属展开波澜起伏的故事，层次分明地展示了人物道德良知的自我觉醒，小说的情节不仅成功配合塑造人物，还成就了作品对读者长久的吸引力。

少年儿童小说的情节铺设一般秉承曲折而错综繁复、节奏明快而张弛有度的原则，线索明晰，推进快捷，过程完整且引人入胜，结局出人意料又在情理之中。与此同时，还要有孩子感兴趣的幽默情趣、活泼趣味。刘厚明的小说《阿诚的龟》曾获第一届全国儿童文学奖，作品在人物塑造和情节构思上皆颇有功力。一个孩子和一只龟的故事，激发出爱心与亲情的碰撞，颇有灵性的小龟和贫病交加中的一家人，共同处于命运多舛、风雨飘摇与前途莫测的困境中，不自觉地经受着各种考验，看似平淡却隐含着紧张而激烈的戏剧冲突，进而迸发出牵动人心的情感力量，让人窥见童心的可贵、感叹人性的美好。

成熟的作家会兼顾人物形象的塑造与故事情节的营造，让两者相辅相成。在作品中刻画一个或多个与众不同、特立独行且具有辨识度的人物，构思多少有些离奇古怪、别开生面且富有传奇性的情节，是很多出色小说的不二法门。张炜的长篇小说《寻找鱼王》以"旱手"和"水手"两位鱼王竞技斗法为基底，交织他们各自的人生目标与心底欲望，进而衍生出两个家族及其子女间的爱恨情仇与悲欢离合，或者在批评家看来该作成就于其对人生哲理、自然法则与传统文化的表意，但感召并征服少年儿童读者的首先是故事的魅力。刘海栖的《有鸽子的夏天》围绕少年海子对鸽子急切而揪心的得失与找寻，串联起一个大人孩子交集、街坊邻里往来的小社会，让小主人公真正收获的是他在驯养鸽子过程中培养的勇敢担当精神与责任心，这本书也展现了那个时代的世间百态与人情世故，饱满的故事情节与丰满的人物形象相得益彰。

💬**思考与探索**

你是否认为情节对于少年儿童小说不可缺少？你怎么看待故事情节淡化的作品缺乏儿童读者的广泛响应？

叙事结构与叙事视角

总的来说，少年儿童小说的叙事结构有两种，一种是故事叙事结构，一种是心理叙事结构。儿童小说重视作品的情节性和故事性，通常采用故事叙事结构，部分少年小说因题材内容或艺术表现的需要会全部或部分采用心理叙事结构。

小说的故事叙事通常由一个或多个事件的叙述结构而成，以时空的

转换为支撑。在集中描述一个事件的作品中，部分会按照事件的开端、发展、高潮、结局的安排，佐以适当的补叙和插叙，或以结局、高潮开篇，采用倒叙方式展开，或从主题表现出发将先后发生的事件进行重新调度和组织。在描述多个事件的长篇作品中，一般会安排事件依次展开，或因事件本身的交错而平行穿插叙述。故事性叙事结构比较平实，脉络清晰、条理清楚，易于读者把握，作家一般会进行精当的剪裁，调整叙事的节奏，以情节的断续、起伏，增强故事叙事结构的变化性。故事叙事结构并不排斥人物的心理活动展示，只是这些心理描写被置于事件的外部叙述的主体框架之内。

曹文轩的"丁丁当当"系列的叙事特别是叙事结构值得关注及称道。整个套系以有些智力低下的兄弟俩失散后相互找寻为主线并构成各册之间的关联，走散决定着情节的伸展，找寻及对重逢的渴望与努力不仅推动事件构成各册间的关联，更让故事高潮迭起，七册的套系一直保持着张力与驱动力，并始终伴随情感的悲欢起伏。

心理叙事结构最明显的标志是作品以人物的所思所想为线索展开，可能没有事件，也可能有事件，但事件的叙述被包含在人物的心理活动中，比如梅子涵的短篇小说《走在路上》，小远带奶奶去看电影路上的心理活动是其叙述的主要内容，奶奶的事情、奶奶照顾儿时自己的情形，以意识流手法碎片式地不时浮现，与小远即时的心绪交织交错，作品发表后因其标新立异成为名噪一时的探索作品，比如陈丹燕的少女小说《黑发》，包含事件但主要从姑姑、何以佳、赵老师三个人物对事件的感受和心理活动展开；再比如班马的中篇小说《六年级大逃亡》，作品有一个完整的核心事件，但在前面的大部分篇幅中，作者通过主人公李小乔所感所思所想进行心理叙事，刻意让事件陷入凌乱无序状态，必须经过最后的"作者附言"才能将事件轮廓拼凑补缀完整。与传统故事叙事结构小说相比，这篇作品充分地显示了心理叙事结构小说的特有视角及组织方式，是班马有意识的实验之作，其特色和意义在于确认了作品的心理叙事结构，同时又叠加并借助了故事结构叙事的长处。

兼容两种叙事结构是大部分少年儿童小说的通行做法，或基本采用故事结构，增加心理角度的观察和表现；或基本采用心理结构，增加事件的记叙。本质上还是希冀兼有两种叙事结构的优长，在艺术创新和读者接受方面获得平衡。

叙事视角、叙事视点和叙事人称，在少年儿童小说创作中其实需要做一些特殊的考量。因为少年儿童小说的作者主要是成年人，但采取成人叙事视角——作家的或作品中成人角色的视角，并不常见，更多时候会采用儿童叙事视角。

一种是明确的儿童视角，即叙事者就是作品中的少年儿童——主人公或群体人物，一种是潜在的儿童视角，即作者采用全知角度的第三人称叙事，但隐含着儿童人物的视角。秦文君的《男生贾里全传》中同时采用了这两种儿童视角，在每一节的开头，作为导入，有一段贾里的日记摘录，取的第一人称儿童视角，而作品的主体，则以第三人称叙事，隐含着贾里的视角。在作品的第五节"苦恼的作家"中，"贾里的日记"这样写道：

> 我的爸爸虽然有点像老头，佩服他的人很少，但他人不错，说心里话，为这点我就很为他骄傲。但深厚的人的心理活动是藏在心里的，不必全说出来，只有贾梅才左一个"好爸爸"、右一个"好爸爸"地叫呢！

这节小说的正文开头，则是这样一段文字：

> 贾里的爸爸是个儿童文学作家。在贾里看来，作家是最最没意思的职业，整天坐在家里，不停地挖空心思写那种比作文更难写的东西。爸爸的衣服，总是手肘那儿先毛拉拉一片。而且，爸爸把家当作工作室，写起来就不准别人走进

《男生贾里全传》
秦文君 著
少年儿童出版社

走出，有时说话响一点，他就不高兴："喂，安静些行吗？"他写书，自己安静就够了，干吗要别人安静？

后一种是非常典型的隐含儿童视角叙事，它使作品获得了特别的儿童叙事趣味，但又不必受第一人称叙事的人物视点的制约，《男生贾里》的成功得益于它特有的"双重"少年视点叙事。

少年儿童小说的创作者越来越注重在叙事视角和叙事人称的关联与组合形式上投注功力。作家采用全知视角的第三人称叙事时，想兼有第一人称叙事的优势，深入人物内心感知事件、抒发情感，会有意代入主人公的主体叙事，比如汤素兰的《阿莲》，总体采用第三人称叙述，但隐含着阿莲的内心视角，敏感而倔强的少女阿莲在乡村的成长心路，有了细腻且真切、丰盈而饱满的表现。作家选择第一人称的叙述时，追求还原事件、描述场景的现场感，获取塑造人物的独特效果，对客观存在的种种视角限制，则会通过时空调度等尽力冲破，比如李东华的《焰火》，以艾米为第一人称而且更多是长大后艾米的回望叙述切入，带有艾米成年之后的反省，14岁时她对同学哈娜的复杂心态、幽暗心理及有失风度气度的种种言行，袒露于整部作品的字里行间，人称的选择让人物的自我剖析毫无保留，非常严苛，达到忏悔及灵魂拷问的深度，时间线上虽然只有最后部分是补叙，但整个叙事中不时地穿插，也就有了第三人称叙事的自由和灵活。这些作品标记出中国当代少年儿童小说创作的艺术推进，在叙事学层面获得了较为理想的完成形态。

《焰火》

李东华 著

长江文艺出版社

💡**探索与实践**

找一篇心理叙事结构的作品给学生读，观察他们的阅读兴趣及反应。

语言表达与艺术表现

小说是语言的艺术，少年儿童小说对语言有更高的要求。在小说中，人物形象的塑造、故事情节的叙述、场景环境的描绘都依靠语言表达实现。小说语言也相应分为三类，**叙述语言、角色语言和描述语言**。

叙述语言是少年儿童小说语言的主体，功能综合，以晓畅简明、生动传神、幽默风趣等为基本特点，以有效推动叙事为目标，同时兼顾人物与场景的介绍。面对少儿读者、特别是出自儿童视角的叙述语，包括语汇、句式、语法和修辞，会在一定程度带有儿童特有的语气，生成语言上的儿童趣味。

少年儿童小说会涉及角色对话，配合叙述，体现人物性格或形成矛盾冲突。让对话语言贴合情境和人物的特质是基本的要求，比如儿童阶段的人物语言相比少年时期的语言就会有细微的差别，小孩子说话比较直接，少年则可能会受角色性格和性别的影响而多样且多变，具有暗示与含混的特征并负载更多的语言效能。

描述语言会因作品的风格以及篇幅相应增减，有时与叙述语言难以区分，因为很多情况下它也有叙事的表意，描摹形象、写景状物、营造氛围、烘托气氛，在艺术、审美与效果上有更多的意义。作家对描写语的价值判断及应用习惯各有千秋，当然也和作品的内容选择、风格调性有关。以绘声绘色讲故事为选项的作家描写语言往往少而精，以诗性和美学意蕴为旨归的作家作品会更倚重描写语。曹文轩小说志在追求"永恒的古典"，在场景及情境的点染方面下足功夫，描写性语言的优美运用是其作品显著的特色。裘山山、杨志军、张炜、赵丽宏、汤素兰、薛涛、彭学军等作家的小说文本也经常因描写语的精当受到读者的好评。

少年儿童小说的语言表达在一定程度上反映并体现着作者的理想旨趣和风格指向，作家个性化追求成就的多彩文风有益于小读者的语言习得，也能满足少年儿童读者各不相同的欣赏趣味。

小说的表现艺术博大精深，且经过漫长历史时期的积累与积淀，并保持着不断拓展的趋向。少年儿童小说首先是小说，手法技法上与成人小说并没有本质的区别，亦没有任何的制约或限制。作家完全可以从需要出发，任意汲取成人小说的既有经验，创造性运用于少儿文学。

20世纪80、90年代，是中国少年儿童小说发展的一个高峰期，其标志就是众多作家在艺术表现上冲破传统的锐意进取，除了架构故事、拆卸以及淡化情节，内视角、心理独白、意识流等技法的运用，象征、隐喻、黑色幽默、魔幻荒诞等现代主义、后现代主义小说技巧被吸纳到小说创作中，大幅度扩充了少年文学，特别是少年小说的表现空间，涌现了一批先锋前卫的少年小说作品，例如《鱼幻》《迷失在深夏古镇中》(班马)、《月光荒野》《一岁的呐喊》(金逸铭)、《蓝鸟》(梅子涵)、《白色的塔》《孩子、老人和雕塑》(程玮)、《纸人》(殷健灵)等，他们的实践足以证明少年小说在艺术方面有着无限可能与巨大潜力。较为遗憾的是这些作品虽受到理论界的肯定，但读者的接受和反响不如预期。或者正是因为少年儿童小说会更考虑读者的普遍接受，只局限于小众的实验作品难以形成规模效应，进而潜在地抑制了作家继续推进新与变的意愿。取而代之的是90年代中后期，通俗化、娱乐化的流行校园小说成了主潮。

21世纪以来，文学新浪潮的涌动推动着作家们向小说艺术高歌猛进，少年儿童小说当仁不让地屹立潮头，在中国当下的创作中也有所映现。写实与虚构、体裁跨越、多元媒介接驳、文化突进、科学辐射，都带来了令人欣喜的诸多收获。《雪山上的达娃》(裘山山)中描述的雪域边关、家国情怀，创意地交互小狗达娃和小战士黄月亮的视角，新鲜别致，童趣盎然，更带上了一种温柔的情致和情韵。《小山羊走过田野》(薛涛)抒写一个孩子和一只山羊的相互陪伴，是童话的小说也是诗体的小说，哲思与童真水乳交融，文学与艺术交相辉映，作家的写作范式及风格也因此有了全然新异的面貌。《橘颂》(张炜)写的是

《雪山上的达娃》
裘山山 著
明天出版社

老人与猫的相依、山村与山居的日常，但在读者和研究者看来，其既是自然文学、生态文学也是田园文学，作家的社会观察、人生感悟、生命体验与审美经验，还有中国人的精神传统、历史与现实、价值观念、生活的哲学尽在其中，尝试了以少儿文学的名义覆盖全年龄读者以及文化诗学烛照下从内到外的小说体式建构。

需要关注到，推动少年儿童小说艺术探索的力量不仅来自文学和文化的各种思潮，也有儿童观、教育观、阅读观的变革，作家的创作在率性而为、任意驰骋的同时，也需要适当回应及兼顾时代与社会的召唤、读者的期待和要求。

💬**思考与探索**

少年儿童小说艺术表现方法的创新是否需要考虑少年儿童读者的接受程度？

功能和作用

少年儿童小说是深受青少年读者欢迎的文学品种，作为儿童文学最重要的体裁样式，在出版和少年儿童实际阅读中有举足轻重的份额与占比。对于少年儿童的精神成长发挥着至关重要的影响和作用。少年儿童小说的价值和意义主要体现在以下几个方面：

※ 帮助少年儿童确定正确的价值观、世界观和人生观；

※ 引导少年儿童关注本民族文化及世界各国的现实、历史与文明发展；

※ 引领少年儿童感知时代、观察社会、体察人性；

※ 推动少年儿童体认人与自然、人与社会、人与他人、人与自我等关系；

※ 丰富少年儿童的心灵与情感；

※满足儿童追求故事情节的愿望和乐趣；

※缓释少年儿童内心的困惑、烦恼和压力；

※巩固少年儿童的阅读兴趣、培养审美趣味；

※发展他们对文学、语言艺术的鉴赏能力；

…………

相对而言，少年儿童小说的内部分层没有太多的强化，实际上以童年期孩子为读者对象的儿童小说还是有些艺术层面的特性，比如需要更多的故事性内容及丰沛的儿童情趣。鉴于少年期特别是青春期读者的小说阅读已经更多向成人文学领域迁移，少年小说与儿童小说艺术上的分际未来可能会更为明确。针对读者的考量，无论是创作还是阅读指导对此都应该予以足够的重视。

💡**探索与实践**

比较成人作家与少年文学专业作家创作的同题材作品，分析它们的异同。

儿童故事

概念和特征

故事是一种以记叙事件为主、有完整情节的、篇幅短小的叙事文学体裁，儿童故事指适合学龄前或学龄初期孩子读和听的故事。

儿童故事具有内容丰富、生动活泼的总体特点。其取材十分灵活，可以来源于儿童日常生活，可以取之于社会生活，广泛涉猎自然、历史、科学、文化、艺术等领域。创作方法也很自由，可以写实，也可以虚构。

儿童故事的基本体裁特征主要体现在故事性上，包括：

※完整性——故事发生发展过程完整，有开头、高潮和结尾；

※简明性——故事线索清楚明确，表达方式以叙述为主；

※生动性——故事情节曲折，有起伏变化，有巧合，细节丰富；

※通俗性——故事能够兼顾阅读与讲述，语言具体形象，口语化。

儿童故事因题材和创作手法的不同，可做种类的区分。除了以绘本故事标记的一类，文字为主、配有插画的儿童故事，主要有生活故事、寓言故事、历史故事、民间故事、动物故事、科学故事等，创作成果丰硕、受到儿童欢迎。

儿童生活故事

儿童生活故事是以儿童现实生活为表现内容的作品。 对于年幼的儿童，故事这一体裁的地位和意义相当于小说。儿童生活故事以纪实手法叙述儿童在家庭和校园中发生的故事，褒扬美好的品德，批评不良的行为习惯，表达具有针对性的教育主题。列夫·托尔斯泰的故事《李子核》是代表性作品。

母亲买了一些李子回来，打算吃过午饭后分给孩子们吃，这些李子就放在盘子里。万尼亚从没吃过李子，他闻了闻，心里非常喜欢这些李子，很想尝尝李子的滋味。他在李子跟前走来走去。当屋里没有人的时候，他忍不住拿了一个李子吃了。午饭前母亲数了数李子，发现少了一个。她就告诉了父亲。

吃午饭的时候，父亲说："怎么啦，孩子们，谁吃了一个李子呀？"大家都说："没有。"万尼亚的脸涨得像煮熟的海虾那样红，可他也说："没有，我没吃。"

父亲说："你们不论哪一个吃了，都是不好的；但是最糟糕的还不是这一点，最糟糕的是李子里边有核呀。谁要是不会吃李子，把核也咽下去，那么过了一天，他就会死的。我担心的就是这个。"

万尼亚脸色发白，说道："我没有把核咽下去，我把它扔到窗子外面去了。"

于是大家都笑了起来，万尼亚却哭了起来。

这则故事贴近儿童生活，富有儿童情趣，篇幅不长却细致而传神地刻画了人物的表情动作、行为语言、心理活动，教育主题明确而态度温和，是儿童生活故事中不可多得的范本。

儿童生活故事的教育，通常不以讲道理的说教方式呈现，有时只是简明而平实地讲述事情的经过，通过孩子们相互间形成对比的言行，让他们自我教育。苏联作家奥谢耶娃的《蓝色的树叶》《儿子们》《三个小伙伴》等作品比较典型。

能力和习惯的培养是儿童生活故事常见的内容，孩子可以从同龄小伙伴的一举一动中找到示范，代入自己的角色感同身受，自觉学习与模仿。幼儿文学作家王一梅有很多这类作品，《我会叠毯子》是其中的一篇佳作。

午睡醒来，小朋友们的小毯子都乱成了一团。

马老师说："我们一起来学习叠小毯子。大家想一想，能叠成什么样？"

萍萍马上捡起小毯子，横着对折，再竖着对折，她把小毯子叠成了一个方块。

龙龙横着对折，竖着对折，再对折，把小毯子折成了一个长方形。

大志把小毯子对折，再卷起来，卷成了一个椭圆形。

小真真折叠了很久，她把小毯子对角折叠，再对角折叠，再对角折叠，最后，折叠成了一个三角形。

大家把折叠好的毯子放在床上，很整齐。

只有鹏鹏不会折，他只会把小毯子团成一团。鹏鹏"哇——"地哭了。

伙伴们说，"鹏鹏，你别哭，我们来帮你叠。"

"不要。"鹏鹏低声说，他很紧张，但他也不想自己不会叠毯子。

"我们先去洗手吧。"马老师说，"让鹏鹏在这里继续叠毯子。"

大家都走开了，鹏鹏看看大家叠的毯子，他试试叠方形、再试试叠三角形，都不行。最后，他把毯子叠成了——

哈哈，他叠出了波浪形。

等大家洗手回来，看见鹏鹏叠的毯子。

所有的伙伴们都为鹏鹏鼓掌，就连马老师也没想到，鹏鹏叠成了波浪形。

后来，大家又叠出了更多的花样，有的是花朵形，有的是扇形，有的是书本形，有的是麻花形，有的是弧形，有的叠成爱心形。

大家觉得，每个人都会叠各种各样的小毯子，真开心。

儿童生活故事，会借助场景和情境自然地展开故事，讲求"故事性"和"趣味性"的统一。《有个男孩叫豆豆》是一部包含20篇作品的故事集，围绕主人公豆豆在家庭、幼儿园、学校、社区发生的种种趣事，写了他和父母、小伙伴一起游戏、运动、学习的日常，很多故事发生在孩子们感兴趣的公园、体育馆、商店等场所以及他们经常参与的活动情境中，比如打球、跳绳、登山，采摘、种植、喂养……能够唤起儿童读者的经验，与他们产生共鸣和共情。小读者们最喜欢的一篇是《两颗花生》。

《小小小世界》
黄宇 著
中国和平出版社

豆豆的幼儿园离奥森公园不远，妈妈工作不忙的时候，经常会带着豆豆先去玩一会，再坐公共汽车回家。

公园里的荷塘是豆豆最爱去的地方。夏天时节，那里到处是碧绿的荷叶、粉白的荷花，金鱼们成群结队在清澈的水中游来游去。豆豆喜欢喂鱼，妈妈带给他的蛋糕和面包，他会分给金鱼一点儿。

这天豆豆喂完鱼，见妈妈领着他往家的方向走，有些奇怪：

"今天不去体育园了吗？"

豆豆每次都会去那里荡秋千。

妈妈指着西边的天空让他看：

"大片的乌云正往这边飘过来，要下雨啦。我们没有带雨伞。"

豆豆有些不情愿。公园里有亭子可以躲雨，再说现在是夏天，就算让雨淋湿了，也不会感冒。

豆豆一边慢腾腾地迈着步子，一边东张西望。塑胶跑道边上的泥地吸引了他的目光，那里有很多小蚂蚁，正排着队伍急急忙忙地往小土坡方向前进。

见豆豆停下脚步，妈妈也蹲下身子：

"看见没？蚂蚁搬家，必有雨下。"

豆豆听了，很为蚂蚁们着急。雨水那么大，它们这么小，又能搬到哪里去呢？他能帮着做点什么吗？

蛋糕他吃了，面包喂了鱼，豆豆把手伸进衣兜。咦，里面还有两颗花生，两颗带壳的花生。豆豆早上遇见了从早市回来的赵奶奶，她随手抓了一大把炒花生给他，妈妈说幼儿园不让小朋友带零食，拿走了大部分，就留了两颗给他。幸亏他白天忘记了吃！

豆豆剥开了花生，把几粒花生米，还有花生壳小心地放在蚂蚁队伍的必经之路上。

"赶快搬回家吧，放在你们的洞口，先挡住雨水，天晴了再吃！"

有一类儿童生活故事主要在家庭背景下展开，家庭的温暖幸福和亲子感情是作品表现的重点。郑春华的系列儿童故事《大头儿子和小头爸爸》是其中的代表作。作者通过发生在大头儿子和小头爸爸父子间的戏剧性故事，将现代都市普通人家一家三口的生活渲染得温情和浪漫，针对幼童心理和情感的需要，许多篇章添加了幻想成分，令作品更为轻灵美妙。

这类题材的单篇作品也很多，陈苗海的《莎莎回家》是其中之一。

夏天，天真热。放学了，莎莎一个人回家去。这可是头一回，平时都是爸爸来领她的。莎莎有点害怕，那片小树林有怪物怎么办呀？可是莎莎又想：我一定得回家去，要不，爸爸又要说我是胆小鬼了。

莎莎一边想一边往小树林走。小树林里静悄悄的，莎莎害怕了。正想退回来，突然，远处传来几声鸟叫："喳喳，喳喳……"莎莎仔细听听，好像在叫："莎莎，莎莎……"

"嗯，有人在叫我呢。"莎莎不害怕了，她很快走进了小树林。可树林里什么也没有。

是谁叫我呀？莎莎正在想，远处又传来小狗的叫声："汪汪汪，汪汪汪……"

"嗯，原来是小狗在叫我。"莎莎赶快向前走，边走边喊："小狗……小狗……"走了一会儿，莎莎还是什么也没见到。

"咦，小鸟没叫我，小狗没叫我，是谁在叫我呀？"莎莎还没想完，远处又传来"嘎嘎嘎，嘎嘎嘎"的声音。

"噢，是小鸭在叫我，我还以为是小鸟和小狗在叫呢！"莎莎赶紧又向前走，走呀走，走呀走，小鸭在哪儿呢？

忽然，莎莎一抬头，呀，前面就是自己的家，爸爸正躲在门口的树后朝她嘿嘿笑呢。哈，原来小鸟、小狗和小鸭的叫声都是爸爸装的。莎莎快活得跳起来："爸爸，爸爸，我一个人走出小树林啦！"

爸爸摸着她的脑袋说："嘿嘿，莎莎是勇敢的孩子啦！"

后来，莎莎就一个人上学去，一个人回家了。

故事的小悬念直到最后才揭开，场面温馨，情感动人。

像这样的儿童生活故事中的优秀之作，文字虽在千字之内，文学性依然较为丰盈。人物情态逼真，故事细节饱满，兼有情趣和意趣，倾注了作家对孩子的真情和深情。

寓言故事

寓言是一种以故事方式实现劝谕性或讽喻性的文学体裁，通常采用夸张的手法描写人物和事件，或通过动植物、非生物的拟人化，以通俗易懂的故事，寓示具有普遍意义的生活哲理和道德教训。

寓言起源于民间，从神话传说中衍生。印度、希腊、中国等文明古国是寓言文学的发祥地，有悠久的历史和传统，古代寓言的资源十分丰富。寓言后世发展成为独立的文学样式，有作家以诗体或散文体创作寓言，代表作家有法国的拉封丹，德国的莱辛以及俄国的克雷洛夫等。

由于**寓言具有民间性和幻想性，故事性强，篇幅短小**，从古代开始，寓言就成为儿童阅读的文学样式。儿童文学独立后，专门提供给儿童阅读的寓言开始出现，部分根据各国古代寓言改编而成，部分是作家的创作。这些寓言故事简明扼要，设喻巧妙，富于哲理，经常被收录在儿童读物甚至教材中，在课外阅读中也是孩子们比较喜爱的故事品种。

寓言和童话都属于带有幻想性的叙事文学，都运用夸张、拟人、象征等手法，但寓言与童话还是有一定的差异的。在寓言中，故事是喻体，寓意是本体，每一则寓言都含有寓意——有的明确说出，有的隐含其内，寓言因寓意而存在，寓意是寓言的灵魂。寓言用整个故事进行比喻、象征和影射，不像童话那样注重动物物性或其他真幻结合的逻辑性细节。寓言的语言精练，故事短小精悍，往往寥寥数语就完成角色和场景的叙述，不过多展开刻画及描写。**儿童的寓言故事虽然加强了故事的成分，与童话之间依然有明显的体裁界分。**

中国儿童熟悉的寓言故事，有的来自世界各国的寓言典籍，比如《伊索寓言》《拉封丹寓言》等，《乌鸦喝水》《狐狸与葡萄》《农夫与蛇》《狐狸与乌鸦》《太阳与北风》是大家耳熟能详的寓言名篇，比如《城里的老鼠和乡下的老鼠》，除了其他的译者，儿童文学作家任溶溶也有相关译述，儿童寓言故事的特质十分鲜明：

乡下老鼠请他的好朋友城里老鼠去看他，分享他的乡下食物。

当他们在犁过的地里吃麦梗和翻出来的小树根时，城里老鼠对他的朋友说：

"你在这里过的是蚂蚁生活，在我家里东西可是丰富极了。我四周堆满了各种各样精美昂贵的东西，如果你能和我一起到那里，你就可以大吃我那些丰富的美味了，我真希望你能去。"

乡下老鼠一下子被说动，就跟着他的朋友回城。到了那里，城里老鼠在他面前摆上面包、大麦豆子、无花果脯、蜂蜜、葡萄干等，最后，从一个篮子里拿来一块好吃的干酪。

乡下老鼠一见这样琳琅满目的美食，十分高兴，用热情的话表示他有多满意，同时怨自己的命苦。正当他们开始要吃的时候，有人开门，他们两个吱吱叫着拼命逃到一个洞里，洞太窄小，只够他们两个挤在一起。

等到他们两个好不容易出洞刚准备重新开始吃美食时，又有人进来拿食物柜里的东西。这时候两只老鼠比上一回更害怕地逃去躲起来。最后乡下老鼠快饿坏了还没吃着东西，就对他的朋友说：

"虽然你给我准备了如此的盛宴，可我只好留给你独自享用了。这周围有那么多的危险款待我。我宁愿回到我光秃秃的地里去啃小树根，至少过得平平安安，不用担惊受怕。"

中国古代寓言有悠久的历史传承及丰厚的积淀，许多寓言故事都以成语的方式流传和传播，比如《刻舟求剑》《自相矛盾》《画蛇添足》《守株待兔》《拔苗助长》等。现当代的一些儿童文学作家如严文井、金近、金江等，汲取资源、推陈出新，为儿童创作了为数不少的寓言故事，《乌鸦兄弟》(金江)是选入相关子集最多的一篇。

乌鸦兄弟俩同住在一个巢里，

有一天，巢破了一个洞。

大乌鸦想：老二会去修的。

小乌鸦想：老大会去修的。

结果谁也没有去修。后来洞越来越大了。

大乌鸦想：这一下老二一定会去修了，难道巢这样破了，它还能住吗？

小乌鸦想：这一下老大一定会去修了，难道巢这样破了，它还能住吗？

结果又是谁也没有去修。

一直到了严寒的冬天，西北风呼呼地刮着，大雪纷纷地飘落。大乌鸦想：这样冷的天气，老二一定耐不住，它会去修了。

小乌鸦想：这样冷的天气，老大还耐得住吗？它一定会去修了。

可是谁也没有动手，只是把身子蜷缩得更紧些。

风越刮越凶，雪越下越大。

结果，巢被吹到地上，两只乌鸦都冻僵了。

相比成人的寓言，作品显然更侧重于生动形象的故事演绎，采用反复和对比的手法铺陈情节，令故事的寓意显而易见，儿童读者易于理解和把握。

❤探索与思考

怎样理解和表述《乌鸦兄弟》这则寓言故事的寓意？

历史故事

历史故事指根据一定史料编写的、供儿童阅读的故事。总的来说，历史故事有两类，一类是关于历史人物的，一类是关于历史事件的。历史故事根据史实创作，以真实性为基础，一般只在细节上进行艺术加工。

为儿童编写的历史故事在选取材料时要重点考虑儿童的兴趣，具有独特个性和传奇经历的历史人物，具有曲折性和戏剧性的历史事件，比较能满足他们的好奇心和求知欲。而客观讲述历史事实，传达正确历史观，是儿童历史故事创作必须遵循的原则和标准。

中国有悠久的历史、灿烂的文化，历朝历代传承下来的经史子集都承载了丰富的史料，作家以此为资源为儿童创作具有得天独厚的条件。现当代以来创作出版的历史故事很多，其中文史学家林汉达编写的包括《春秋故事》《战国故事》《西汉故事》《东汉故事》《三国故事》在内的《中国历史故事集》具有影响力和代表性。在历史故事的收录上，这套作品集非常有特点，既从史实的角度选择重要的历史事件和历史人物，也尽可能兼顾了民间关注的事与人，故事性强，有浓厚的历史感，大故事套小故事，重点突出，互相勾连。以《西汉故事》为例，集中收录"张良拜师""揭竿而起""破釜沉舟""四面楚歌""缇萦救父""李广射虎""苏武牧羊""昭君出塞"等，均为脍炙人口的故事。作者在史料的基础上，进行了精心的艺术加工，或补充细节渲染，或以环境描写衬托，故事中的历史人物无不形神兼备、栩栩如生，比如"李广射虎"一篇中，作品这样写道：

　　李广做了右北平太守，匈奴害怕李广，逃到别的地方去了。右北平一带没有匈奴了，可是时常有老虎出来伤害人。李广就经常出去打虎，老虎碰见他，没有不给他射死的。有一天，李广回来晚了，天色半明半暗，正是老虎出来的时候。他和随从的人都很小心，恐怕山腰里突然跳出一只老虎来，一面走着，一面提防着。李广忽然看见山脚下草丛里蹲着一只斑斓猛虎，拱着脊梁正准备扑过来。他赶忙拿起弓箭来，使劲地射了出去。凭他百发百中的箭法，当然射中了。手下的人见他射中了老虎，拿着刀跑过去逮。他们走近一瞧，全愣了。原来中箭的不是老虎，是一块大石头！箭进去很深，拔也拔不出来。大伙儿奇怪得了不得。

　　李广过去一看，也有点纳闷儿。石头怎么射得进去呢？他自己也不相信自己有这么大的力气。他回到原来的地方，摆好马步，拿起弓箭来，对准那块大石头又使劲地射了一箭。那支箭碰到石头，迸出了火星儿，掉到旁边。他还不相信，连着又射了两箭，箭头都折了，可都没能射进石头里。

　　可是就这么一箭已经够了。人们都说飞将军李广的箭能射穿石头，这个消息传了开去，匈奴更害怕李广，不敢来侵犯右北平了。
　　…………

　　从这个片段可以看出，作者不为历史资料所拘束，文思活泼灵动，文笔畅达，鲜活的人物及场景，让历史故事显示出了飞扬的文学气韵和神采。历史故事体裁因其特别具有的真实性、丰富性和生动性，受到学龄初期和学龄中期儿童读者的喜爱。

在强调以文学帮助少年儿童确立文化自信和文化自觉的当下，历史故事的创作与阅读具有更为重要的价值和意义。

探索与实践

让学生讲述一个他印象最为深刻的历史故事，并调查其获得故事的渠道。

民间故事

民间故事是民间文学的重要类别，广义的民间故事包括神话故事、传说故事、童话故事、动物故事、寓言故事等众多口头文学在内，狭义的民间故事则主要指那些乡土气息浓重、民间色彩浓厚、现实性强的故事。

民间故事反映普通劳动者的生活、情感和愿望，赞许他们的勤劳、勇敢、善良、机智，人物性格鲜明，故事曲折生动，叙述诙谐风趣，具有民间口头文学特有的朴实清新。

中国是地域辽阔的多民族国家，民间故事资源非常丰富，类型种类繁多，有"盘古开天地""女娲造人""后羿射日""嫦娥奔月""精卫填海"等神话故事，袁珂的《女娲造人》是大家称道的经典范本。

天地开辟以后，天上有了太阳、月亮和星星，地上有了山川草木，甚至有了鸟兽虫

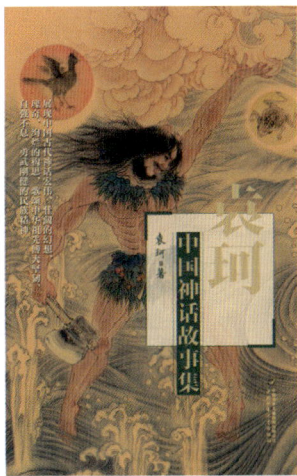

《袁珂中国神话故事集》

袁珂 著

中国少年儿童出版社

鱼了，可是单单没有人类。这世间，无论怎样说吧，总不免显得有些荒凉寂寞。

不知道在什么时候，出现了一个神通广大的女神，叫作"女娲"。据说，她一天当中能够变化七十次。有一天，大神女娲行走在这片莽莽榛榛的原野上，看看周围的景象，感到非常孤独。她觉得在这天地之间，应该添一点儿什么东西进去，让它生气蓬勃起来才好。

添一点儿什么东西进去呢？

走呀走的，她走得有些疲倦了，偶然在一个池子旁边下来。澄澈的池水照见了她的面容和身影：她笑，池水里影子也向着她笑；她假装生气，池水里的影子也向着她假装生气。她忽然灵机一动：世间各种各样的生物都有了，单单没有像自己一样的生物，那为什么不创造一种像自己的生物来加入到世间呢？

想着，她就顺手从池边掘起一团黄泥，掺和了水，在手里揉团着，揉团着，揉团成了第一个娃娃样的小东西。

她把这个小东西放到地面上。说也奇怪，这个泥捏的小家伙，刚一接触到地面，马上就活了起来，并且一开口就喊：

"妈妈！"

接着就是一阵兴高采烈的跳跃和欢呼，表示他获得生命的欢乐。

大神女娲看着她亲手创造的这个聪明美丽的生物，又听见"妈妈"的喊声，不由得满心欢喜，眉开眼笑。

她给她心爱的孩子取了一个名字，叫作"人"。

人的身体虽然小，但据说因为是神创造的，相貌和举动也有些像神，和飞的鸟、爬的兽都不相同。看起来似乎便有一种管理宇宙的非凡的气概。

女娲对于她这优美的作品，感到很满意。于是，她又继续动手做她的工作，她用黄泥做了许多能说会走的可爱的小人儿。这些小人儿在她的周围跳跃欢呼，嘴里喊着："妈！"使她精神上有说不出的高兴和安慰。从此，她再也不感觉到孤独和寂寞了。

她工作着，工作着，一直工作到晚霞布满了天空，星星和月亮射出了幽光。夜深了，她只把头枕在山崖上，略睡一睡。第二天，天刚微明，她又赶紧起来继续做她的工作。她一心想把这些灵敏的小生物布满大地。但是大地毕竟太大了，她工作了许久，还没有达到她的志愿，而她本人已经疲倦不堪了。

最后，她想出了一个绝妙的创造人类的方法。她从崖壁上拉下一根枯藤，伸入一个泥潭里，搅混了浑黄的泥浆，向地面上这么一挥洒，泥点儿溅落的地方，就出现了许多小小的叫着跳着的人儿，和先前用黄泥捏成的小人儿一般无二。"妈妈，妈妈"的喊声，震响在周围。

用这种方法来进行工作，果然简单省事。藤条一挥，就有好些活的人出现，大地上不久就布满了人类的踪迹。

大地上虽然有了人类，女娲的工作却还没有终止。她又考虑着：人总是要死亡的，死亡了一批再创造一批吗？未免太麻烦了。怎样能使他们继续生存下去呢？这却是一个难题。后来她终于想出了一个办法，就是把那些小人儿分为男女，让男人和女人配合起来，叫他们自己去创造后代，担负起养育婴儿的责任。这样，人类就世世代代绵延下来，并且一天比一天加多了。

为人所熟知的民间故事还有很多，如"大禹治水""鲁班造锯""孟姜女哭长城"等传说故事；"田螺姑娘""虎外婆""十兄弟"等童话故事；"赛龙舟""钱江潮""雷峰塔"等民俗故事；"阿胶的来历""武夷山的大红袍""宜春皮蛋的传说"等风物故事；"阿凡提""纪晓岚"等智慧人物故事；"地主与长工""巧媳妇呆女婿"等笑话故事。这些故事都被儿童读者所熟悉和喜爱。

这些故事题材广泛，故事性突出，经常采用三段式结构，重复中有变化，叙事绘声绘色，语言通俗晓畅，儿童读者可以轻松进入阅读，从中获得快乐和教益。

民间故事中的分类是相对的，各类作品相互包容，比如民间故事中有一类以动物为主人公，借以表现生活经验和为人处世的道理，兼有童话和寓言的特征。藏族民间故事《锦鸡、兔子、猴子、象吃果图》是典型的例子。

在很古老的时候，有一只锦鸡、一只兔、一只猴和一只象，它们结拜为兄弟。锦鸡因为能飞，有一次飞上了三十三重天，衔来了一颗果树的种子。这种子是万年生长，一年四季都结果子的。

它们当中兔最有心机，它知道这种子的贵重，就首先动手把种子种在地上。猴子知道这树会结果，就天天替它上粪。大象也想吃果子，就天天用长鼻子从河里汲水来浇灌。由于大家的照料，树一天天地长大了，很快就结果了。

锦鸡从树尖飞过，看见果子成熟了，心想：我带来的种子结果了，我的功劳真不小啊！现在该我享受了。于是，它天天飞上树，在树上慢慢地啄食这果子。

猴子是可以上树的，它想吃就爬上树，不想吃时就爬下来。

象的个子很大，就用它的长鼻子卷着树枝吃果子。

这中间最吃亏的是兔子。它爬不上树，只有在树下扑打纵跳，望着香气扑鼻的果子，翘尾巴，舔嘴唇。

树，一天天长得更高了，连有鼻子的象也吃不到果子了。于是，它们开始争吵。象和兔一齐向锦鸡和猴子嚷着：

"这太不公平，树长高了，只有你们两个吃得到，要知道我们也曾种过它，浇过水呀！"

兔更不满意地说：

"是的，真太不公平，我一直吃不到一个果子，只吃了几片落下来的树叶。"

但是锦鸡和猴子只顾自己吃，不理它们。它们没办法，就去找了一个聪明的人来替它们评理。聪明人说："你们四个先不要争。天底下原来没有这种果树，你们先说说这树是哪里来的？是怎样生长的？你们告诉了我，我就可以替你们想出调解的法子了。"

于是，它们都各自说了自己种树的经历……

聪明人说："照这样看来，你们每人都对这树出过力，每人都该吃到这果子。"它们觉得这话很有道理，于是就一起商量。终于商量出一个办法，规定大家吃果子时要一起吃，让象站下边，象背上站猴子，猴背上站兔子，兔背上站锦鸡，然后由锦鸡摘下果子交给兔，兔交给猴，猴交给象，果子摘好了，大家一起吃。吃了果子，吃叶子时也是一样。

自从想出这个吃果子的办法后，它们就不再争吵了，而且树长得更好了，果子也结得更多了。

这个藏族传统的民间故事，常以"锦鸡、兔子、猴子、象吃果图"的五色彩画绘制于藏族地区的墙壁，时刻提醒人们团结和劳动的意义。

有的古老民间故事会借助神仙、魔法、宝物及夸张等手法，讲一些带有讽喻性且有道理的故事，好玩有趣、荒唐可笑但内藏哲思。

十不足

从前有个人，他原本出生在大户人家。父母年过半百才有了他，不让他干活，舍不得他吃苦，从小到大娇生惯养。结果呢，这人读书不成，谋生的手艺也没学会。

看他整天游手好闲、好吃懒做，附近的人都叫他大懒。

大懒二十岁时，家里突然遇上了祸事，前前后后不到一年，父母没了，田产房屋也没了，他只能住到村头的土地庙里。

土地婆婆看他可怜，想出手帮他。

土地公公不赞成：

"给他一个聚宝盆？给他一棵摇钱树？懒人给啥都没用！"

土地婆婆不听劝。

这天晚上，大懒做了个梦，梦里土地婆婆告诉他，庙后一百步的土堆下埋着一个宝葫芦，快去挖出来，想要什么，诚心诚意地求它……

大懒知道这回可不能偷懒了，他跑到后院土堆那儿，使出吃奶的劲儿，挖呀挖——

哇！真的有个宝葫芦！

以后想要什么就有什么啦。

大懒手里拿着葫芦，摇了一两下，口中念念
有词：

神通广大宝葫芦，

我是大懒一不足，

肚子饿得咕咕叫，

给碗饭菜热乎乎！

《奇幻变形·中国魔法故事卷》
康丽 陈晖 主编
中国和平出版社

肚子不饿的日子没过多久，大懒不满足了。

这天，他手里拿着葫芦，摇了两三下，口中念念有词：

神通广大宝葫芦，

我是大懒二不足，

让我穿得体面点儿？

缎子长袍绸子裤！

衣着光鲜的日子没过多久，大懒又不满足了。

这天，他拿着葫芦，摇了三四下，口中念念有词：

神通广大宝葫芦，

我是大懒三不足，

让我住得舒服点儿？

木雕大床砖瓦屋！

高门大户的日子没过多久，大懒又不满足了。

这天，他拿着葫芦，摇了四五下，口中念念有词：

神通广大宝葫芦，

我是大懒四不足，

让我吃得再好点儿？

鸡鸭鱼肉肥嘟嘟！

大鱼大肉的日子没过多久，大懒又不满足了。

这天，他拿着葫芦，摇了五六下，口中念念有词：

神通广大宝葫芦，

我是大懒五不足，

出门走路脚跟疼，

来匹大马走江湖！

东游西逛的日子没过多久，大懒又不满足了。

这天，他拿着葫芦，摇了六七下，口中念念有词：

神通广大宝葫芦，

我是大懒六不足，

一个人过没意思，

给我来个美媳妇！

媳妇陪伴的日子没过多久，大懒又不满足了。

这天，他拿着葫芦，摇了七八下，口中念念有词：

神通广大宝葫芦，

我是大懒七不足，

给个大官来当当？

谁不听话打屁股！

威风八面的日子没过多久，大懒又不满足了。

这天，他拿着葫芦，摇了八九下，口中念念有词：

神通广大宝葫芦，

我是大懒八不足，

干脆让我当皇上，

天下属我最舒服！

当皇帝的日子没过多久，大懒又不满足了。

这天，他拿着葫芦，摇了十几下，口中念念有词：

神通广大宝葫芦，

我是大懒九不足，

给个天梯我上天，

云霄宫殿随我住!

天上神仙的日子没过多久，大懒还是不满足。

这天，他拿着葫芦，摇了几十下，口中念念有词：

神通广大宝葫芦，

我是大懒十不足，

我想回家回凡间，

让我带上九仙姑？

从此，大懒多了个名字——十不足。

随着我国各民族民间文学整理工作的开展，为儿童编写的各民族民间故事集先后出版，也有《中国传统故事》等集成性的综合选本，同时还有各种外国民间故事选集，儿童对民间故事的阅读需求能够得到基本满足。

💡**探索与思考**

民间故事（民间文学）为什么对儿童有特别的吸引力？

动物故事

作为儿童故事的一个品种，动物故事不同于上面民间故事中的动物童话或寓言，是**专门描写动物的生活习性和特点的故事**。它与童话寓言最大的不同是并不将动物人格化，也不影射或象征人类社会，而是对动物及动物的生活进行客观细致的观察并加以故事化的表现。儿童对动物的天然的感情令他们乐于阅读动物故事，从中获得关于动物的知识，加强对于动物的了解。

列夫·托尔斯泰的儿童故事中有一篇《兔子》：

森林里的兔子每天晚上吃树皮，田野上的兔子吃冬麦和野草，麦场上的兔子就吃打麦场的麦子。夜里，兔子在雪地上踏出又深又明显的脚印。人、狗、狼、狐狸、山鸦，还有老鹰都是爱吃兔子的。要是兔子只管一直走，那么一清早只要顺着它的脚印，马上就可以找着它，把它捉住。但是兔子很胆小，这胆小倒救了它。

晚上，兔子在田野里、在树林间毫无顾忌地到处跑，笔直地踏出一连串的脚印来。但是天一亮，它的敌人睡醒了，兔子就开始听到狗吠声、雪橇声，庄稼人的说话声，树林子里的狼嗥声，于是吓得东奔西窜。它一蹦一蹦地向前跳，要是有什么东西叫它害怕，它就转身踩着自己的脚印逃跑，再听见什么，它就撒腿窜到一边，离开旧脚印飞奔。再有什么声响，兔子重新掉过头来，又跳到一旁去了。天亮的时候，它才去睡觉。

第二天，猎人研究兔子的脚印，发现兔子东蹦西跳时留下了重复而又杂乱的脚印，感到有些糊涂了。兔子的狡猾令他十分惊讶。其实兔子并不想耍滑头，它不过是见什么都怕罢了。

这则动物故事主要围绕兔子的习性展开，作者特别突出地描写了兔子的脚印，正是对兔子特点有准确的把握，在加拿大作家西顿的《西顿动物故事》的兔子篇——《豁豁耳，一只白尾兔的故事》中，可以看到近似的描写：

（豁豁）知道他的臭迹在贴近地面处最明显，他全身发热时最强烈，所以，如果他能离开地面，有半个钟头不受干扰，让全身凉下来，使臭迹消散，他便知道他就会平安无事了。所以，当他被追乏了的时候，他就会冲进滨溪林的荆棘地，在那里"兜圈子"，也就是忽左忽右往前跑，最后他留下一条弯曲曲的小路，狗要理出个头绪来，肯定要大费一番周折。

《西顿动物故事》
[加]欧内斯特·汤普森·西顿 著
作家出版社

西顿的作品中，兔子也会"说话"，但作者表明自己并不是在"拟人"。他特别指出，"兔子没有我们能听懂的语言，但是他们有自己的一套方法，他们通过声音、记号、气味、胡须的触碰、行动以及能起到语言作用的示范等办法来传达思想"，他只不过把兔子的语言"意译"成英语而已。

中国动物文学自20世纪90年代开始有引人注目的创作成绩，主要集中于动物小说体裁领域，但动物文学作家们也有一些短篇动物故事系列推出，也散见于自然笔记等其他样式的文集中。

科学故事

儿童故事还有一个特殊种类——科学故事。科学故事既是儿童故事的品种，也是科学文艺的文类，它以讲故事的方式叙述科学知识、表达科学内容。科学故事一般选取带有故事性的各学科素材，进行巧妙的加工和剪裁，以某种事实或现象设置悬念，再通过严密合理的科学论证，揭开谜底或真相，获得故事效果。

苏联科学文艺作家伊林擅长创作科学故事，《灌木丛和树木的故事》是有代表性的作品。故事描写了德国一个办事尽心的林务官决心像一个爱整洁的家庭主妇那样把森林打扫干净，他让工人烧掉了所有的败叶枯枝，砍光了杂乱生长的灌木丛，拔掉了丛生的野草，在空出来的地方整齐地种上了树木。让他没有想到的是，他整理得像房间一样宽敞整洁、井井有条的森林只过了两三年就凋枯了。原来，森林并非只有树木，森林里需要既有树木又有灌木丛，既有鸟又有虫，在森林里，所有的植物和动物共同玩着游戏，在动手收拾之前，必须懂得游戏的规则。作者用初衷和结果的反差，清楚而形象地传达了生态平衡知识，读来引人入胜，丝毫没有枯燥感。

科学故事的题材非常广，在数学、物理、化学、生物、地理等基础学科，都有以故事方式表现的趣味性科学文艺作品，在向儿童普及科学知识、培养他们对学科的兴趣方面起到了积极的作用，比如英国化学家法拉第的《蜡烛的故事》、法国昆虫学家法布尔的《昆虫记》等都是各国儿童阅读的经典科学文艺作品，我国早期有高士其、董纯才等作家的创作，近年则有李毓佩的"数学奇境故事丛书"等作品，均产生过广泛的影响。

描写科学家生平事迹的故事、科学发明与发现的故事，一般也包括在科学故事的范围之内，这类作品的数量比较多。

在体裁划分方面，科学故事跟科学散文（小品文）的界限不太明显，故事性较强的科学散文作品有时会被当作科学故事阅读。

儿童故事还有一些具体的品种和形式，比如幽默故事、侦探故事、探险故事，受到儿童的欢迎，它们或以玩笑、滑稽为内容，或以推理、惊险、刺激为特点，对儿童颇具吸引力。可以预计，随着故事内容的进一步拓展和丰富，还会有新的品种出现。也许一部分儿童故事，与儿童诗歌、童话和小说相比，文学性相对较弱，但就实际发生的儿童阅读量而言，儿童故事反而偏高，这提示我们，不应该忽略儿童故事的阅读价值和阅读效能。

❤探索与实践

儿童故事的阅读对儿童有哪些功能和意义？

儿童散文

概念与特征

散文是文学的一大门类，散文的概念有广义和狭义之分。广义的散文除包括狭义的散文之外，还包括报告文学、传记文学、回忆录、游记、随笔、科学小品文等。狭义的散文是**指以记叙和抒情为主，同诗歌、小说、戏剧并称的一种文学样式。**

散文题材广泛，体式风格多样，可以写人、记事、描景、状物、抒情，可以反映时代社会、历史文化及日常生活的各个侧面。内容无所不包，表现上也兼收并蓄，可以像诗歌那样抒发作者个人的思想感情，袒露心绪，直抒胸臆，却不必讲求韵律；它可以像小说那样叙述事件、刻画人物，又不必有完整的故事情节；它可以像戏剧那样展现冲突与矛盾，又不必拘泥于舞台限制的时空之内；它可以议论辩证，表明作者的见解和观点，又不必拘泥于理论化表述和缜密的论说逻辑。散文虽大致分为叙事、议论、抒情三种类别，但任何一类都能够也需要综合运用，包括叙述、描写、抒情、议论等在内的表达方式，还可能跟其他体裁产生交集，比如散文诗，就是散文与诗歌交互后的独立体裁形式，主体是散文，在感情抒发、结构铺陈、语言表达等方面兼具诗歌的品质和韵味。

儿童散文是指散文中那些适合于少年儿童阅读和欣赏的篇章，其特点主要包括明朗积极、健康向上的感情，生动形象富于想象力的描绘，周整而精巧的结构，优美的物象意象、情境意境以及富有诗情画意的语言等。

目前进入儿童阅读视野的散文名篇，有本土的也有域外的。中国在散文创作上有源远流长的传统，文言散文的名篇数不胜数，适龄的篇目大多进入了教材体系，被选入的现当代散文名篇也不在少数，比如《从百草园到三味书屋》(鲁迅)、《春》(朱自清)、《落花生》(许地山)、《母鸡》(老舍)等。各学段儿童课外阅读的散文集包括选集主要有几类：一类是成人散文经典中适合儿童阅读的作品，一类是作家们专为儿童创作的散文作品，比如冰心的《寄小读者》《山中杂记》、秦牧的《动物们的本领》、金波的《点亮小橘灯》等。前一类作品带有儿童散文的特点，也被儿童广泛阅读，后者则有作家对儿童散文的文体自觉和接受取向的考量在内。

题材与主题

对童年的回忆是散文常见的题材，从童年回忆的视角叙述亲情、讴歌祖辈父辈的亲子之爱是相关题材作品的基调和主旋律。最有代表性的是冰心现代时期创作的我国第一部儿童散文集《寄小读者》。

《寄小读者》创作于1923—1926年间，由作家赴美留学期间写给儿童的书信结集而成，这些书信体散文作品以直抒胸臆的方式向儿童读者倾吐了她在异国的所见所闻、所思所想。融入了思乡和思家之情，作家的笔触更多地指向了童心与母爱，比如《通讯十》中，她回忆了从母亲那里得知的童年往事后，随即与孩子进行了诚挚感人的交流：

世界上没有两件事物是完全相同的，同在你头上的两根丝发也不能一般长短。然而——请小朋友们和我同声赞美！只有普天下的母亲的爱，或隐或显，或出或没，不论你用斗量，用尺量，或是用心灵的度量衡来推测；我的母亲对于我，你的母亲对于你，她的和他的母亲对于她和他；她们的爱是一般的长阔高深，分毫都不差减。小朋友！我敢说，也敢信，古往今来，没有一个敢来驳我这句话。当我发觉了这神圣的秘密的时候，我竟欢喜感动得伏案痛哭！

在《山中杂记》中，冰心让身处异国他乡的自己回归了童年也回到了童年时的心境，但核心的指向还是家庭及母性之爱，哪怕是她笔下描写的是小动物：

我常常去探望小鸟的家庭，而我从不做偷卵捉雏等等破坏它们家庭幸福的事……你看小鸟破壳出来，很黄的小口，毛羽也很稀疏，觉得很丑。它们又极其贪吃，终日张口在巢里啾啾地叫！累得它母亲飞去飞回地忙碌。渐渐地长大了，它母亲领它们飞到地上。它们的毛羽很蓬松，两只小腿蹒跚地走，看去比它们的母亲还肥大。它们很傻的样子，茫然地跟着母亲乱跳。母亲偶然啄得了一条小虫，它们便纷然地过去，啾啾地争着吃。早起母亲教给它们歌唱，母亲的声音极婉转，它们的声音，却很憨涩。这几天来，它们已完全地会飞了，会唱了，也知道自己觅食，不再累它们的母亲了。前天我去探望它们时，这些雏鸟已不在巢里，它们已筑起新的巢了，在离它们的父母的巢不远的枝上，它们常常来看它们的父母的。

以自己的家庭生活和孩子的成长为书写对象的散文也有很多，比较有代表性的像丰子恺的《给我的孩子们》，由写于不同时间发表在刊物上的短篇汇集而成，作者浓烈的舐犊之情化作传神的图画与文字，几个孩子天真烂漫的生活情态跃然纸上，童心童真的赞美包含其中，既适合大人也适合孩子阅读：

瞻瞻! 你尤其可佩服。你是身心全部公开的真人。你什么事情都像拼命地用全副精力去对付。小小的失意，像花生米翻落地了，自己嚼了舌头了，小猫不肯吃糕了。你都要哭得嘴唇翻白，昏去一两分钟……两把芭蕉扇做的脚踏车，麻雀牌堆成的火车、汽车，你何等认真地看待，挺直了嗓子叫"汪——""咕咕咕……"，来代替汽笛……你要我抱你到车站里去，多多益善地要买香蕉，满满地擒了两手回来，回到门口时人已经熟睡在我的肩上，手里的香蕉不知落在哪里去了。这是何等可佩服的真率、自然与热情!

瞻瞻! 你的身体不及椅子的一半，却常常要搬动它，与它一同翻倒在地上；你又要把一杯茶横转来藏在抽斗里，要皮球停在壁上，要拉住火车的尾巴，要月亮出来，要天停止下雨……然而你们是不受大自然的支配，不受人类社会的束缚的创造者，所以你的遭逢失败，例如火车尾巴拉不住，月亮呼不出来的时候，你们决不承认是事实的不可能，总以为是爹爹妈妈不肯帮你们办到，同不许你们弄自鸣钟同例，所以愤愤地哭了，你们的世界何等广大!

一些经典作品则从儿童的视角观察事物与景物，表现儿童的想象、心理和趣味，比如作家茅盾发表的《天窗》，以第二人称方式和儿童直接交流，感同身受地描写儿童在不能入睡的夜里从天窗获得的慰藉、在天窗上展开的想象：

你会从那小玻璃上面的一粒星，一朵云，想象到无数闪闪烁烁可爱的星，无数像山似的，马似的，巨人似的，奇幻的云彩；你会从那小玻璃上面掠过的一条黑影想象到这也许是灰色的蝙蝠，也许是会唱的夜莺，也许是恶霸似的猫头鹰——总之，美丽的神奇的夜的世界的一切，立刻会在你的想象中展开。

在巴金的《繁星》中，以儿童的视角描绘了一幅夏夜星空的图画，作者有着和儿童相通的情致，能够引起儿童的共鸣：

如今在海上，每晚和繁星相对，我把它们认得很熟了。我躺在舱面上，仰望天空。深蓝色的天空里悬着无数半明半昧的星。船在动，星也在动，它们是这样低，真是摇摇欲坠呢！渐渐地我的眼睛模糊了，我好像看见无数萤火虫在我的周围飞舞。海上的夜是柔和的，是静寂的，是梦幻的。我望着那许多认识的星，我仿佛看见它们在对我眨眼，我仿佛听见它们在小声说话。这时我忘记了一切。在星的怀抱中我微笑着，我沉睡着，我觉得自己是一个小孩子，现在睡在母亲的怀里了。

以小动物为描写对象的作品也有很多，老舍的《小麻雀》、任大霖的《芦鸡》等是其中的名篇，作者将飞禽走兽、花鸟虫鱼的万千姿态置于景观之中，与人关联互动，借以寄托对四季轮转、物候变迁等自然道法的体悟，比如金波的这篇《秋天的白蝴蝶》：

秋天，对我们来说，只是一个季节，秋天过去了，明年还会再来。我们的一生，有许许多多个秋天。

然而，对于一只白蝴蝶来说，这是它一生中唯一的秋天。

秋风渐渐凉了，一场秋雨过后，似乎冬天就要到来。

在一个晴朗的日子里，阳光把世界照得闪闪发光。那一天，花儿用它最后的色彩向秋天告别，树叶也换上了金黄、深红的衣服，从枝头飘落。

一只白蝴蝶飞来，今天，它的翅膀白得像一片天鹅的羽毛，像一片不融化的雪花。它扇动着雪白的翅膀，向那些花朵和叶子告别。

它看见不远处，流淌着一条小河，河上漂着一叶白帆。秋风里，白帆渐渐远去。在秋天的阳光下，它漂得越远，白得越是耀眼。

"它多么像一只顺着小河远去的白蝴蝶呀！"蝴蝶这样想。

它飞向小河，看见河面上漂浮着一片红叶，它落在叶子上，渐渐漂向远方。

在秋天的阳光下，在小河上，它变成了一个雪白的帆影。

金波的散文与其诗歌、童话作品有共同的风格特点，他为各个年龄段儿童读者创作的散文文质兼美、诗意盎然，或有志趣理趣，或有情趣意趣，散文体裁的文学性和儿童性得到了彰显。

多样性与丰富性

聚焦时代与社会、人文底蕴厚重的创作是儿童文学散文的主流方向，以束沛德、葛翠琳、金波、孙幼军、樊发稼等为代表的老一辈作家有不少相关散文佳作问世，由他们及当代知名儿童文学作家高洪波、张之路、秦文君、梅子涵等共同参与的"蓝夜书屋"散文随笔系列，回望人生与创作之路，分享了人生观、文学观，从书中的故事和生活中的孩子漫谈开来，散文特质及个人风格都给读者留下深刻印象。百位荣获冰心奖的儿童文学作家参与的"童年中国书系"，秉承"五四"以来中国散文文脉，师宗并传承冰心散文特有的典雅、清丽、真情、凝练，以交融着童年生命记忆与故乡风土风情的书写，折射中国现当代社会发展波澜壮阔的历史和面貌，丰厚博大且摇曳多姿，能够给读者全方位的审美体验。

一些创作散文的儿童文学作家从多民族儿童生活角度切入，着力表现其特定地域的自然风光和少数民族风情，谷应和吴然的作品比较典型。

谷应的《中国孩子的梦》从儿童拥有的自制玩具和工艺品这一特殊角度切入，直观而形象地介绍了各族儿童平凡而特异、朴实而新鲜、极具文化色彩的生活，描写鄂伦春族儿童的章节《仙人柱》中有这样一些片段：

克拉达纤大娘，一位出名能干的鄂伦春老太太，从森林老家住到女儿这边来了。她刚读小学的外孙女带来一帮小姑娘要听老太太讲老家的事。克拉达纤大娘就对小姑娘们讲——

仙人柱

仙人柱是胳膊粗的圆木搭成的，样子像一把大伞。夏天，这"大伞"包着桦树皮，银白地坐在森林中的空地上。冬天它怕冷，人们给它围上了狍子皮。瞧它毛蓬蓬地蹲在雪地里了。

鄂伦春人祖祖辈辈住在仙人柱里。男人住上层女人住下层。夏天暴雨来了，冬天大雪飘了，仙人柱里，人们喝蜜酒，人们在火塘上烤肉，与世无争的人们就叫作"仙人"。

森林

森林是树和草的世界。森林是鄂伦春人的家。树可真多哪！穿着绿裙子的胖嫂是塔松；威严的老爷爷是红松；腰板儿挺直的小伙是红皮云杉；只管追着风儿、把叶片摇甩得翻白翻绿的，是叫河柳的调皮男娃。最招人爱的是白桦林，细细挑挑地立在那里，活赛一群清爽干净的女孩儿……树脚底的草，绿毡样擀出了深绿浅绿，绿里头夹着细致的花色：玛瑙珠儿有哩，橘红灯笼有哩，蓝铃铛紫铃铛有哩，白毛毛绒球儿有哩……黑绿密实的塔头缨子最是好心眼儿，它把绿蒲团样的"踏板"铺在泥沼里……

森林不单是鄂伦春人的家，也是叫个不停的鸟儿们的家，也是跑个不住的大的小的野兽们的家。

男娃"功课"

男娃是将来的猎人。阿爸托起五岁男娃的屁股，把小家伙撩到马背上，阿爸说："开始学功课，小子！"

男娃给自己弯一张竹皮弓插一壶草梗箭，男娃腰里别着木头削的猎刀。

还扛不动枪的男娃已经跟着阿爸骑马进黑森林了。

…………

女孩"功课"

女孩儿是仙人柱里未来的总管。女孩子学会走路就开始了"女孩功课"。

五岁的女孩儿被阿妈领着挖野菜晒干菜。六七岁的女孩儿在阿妈身后用小桦皮桶背水背冰。八九岁的女孩儿会煮饭，会用桦树皮做小碗儿小桶儿。十岁的女孩儿跟着妈妈熟皮子、染皮子、缝皮子。十二三岁，手套、挎包、帽子能缝出来了，绣出来了，剥兽皮晾肉干也不在话下了……十四岁，就要开始缝自己的嫁衣。

仙人柱里所有的妈妈都训练自己的女孩儿，又懒又笨的女孩儿是嫁不出去的。

孩子们的玩耍

仙人柱周围好玩好吃的东西很多：山丁子、面果、稠李子、鸟蛋儿、蘑菇、棒子、松子，山溪里的花石子。桦树上摘下海绵样的菌包可以削出狗儿马儿……蒸煮过的桦皮可以撕成薄片，剪出老熊狐狸梅花鹿，也剪出猎人和仙人柱……

敬神的时候是孩子们最高兴的日子。人们围着三棵樟子松唱歌跳舞。

男娃儿女孩儿尖嫩的嗓子跟着唱：南山大神把门归拉雅/北山二神把门归拉雅/东山老神把门归拉雅/西山少神把门归拉雅/南北门上锁金锁归拉雅/东西门上插银栓归拉雅……

小姑娘们听森林老家的事听得入迷。小姑娘们对克拉达纤大娘说，她们想跟她到森林老家，想住到仙人柱里去。

克拉达纤大娘摇头道："仙人柱里的女孩儿除了上学还得会做很多事，你们这群城里的小宝贝儿会做什么呢？"

那天晚上小姑娘们忽然都变成了顶呱呱的劳动模范。

科学散文是散文中独特的类别，中国的高士其、叶永烈，法国的法布尔的作品比较典型。其实很多的儿童科普读物，包括百科丛书和博物类童书都在一定程度上以科学散文为基础，一些作家会将科学内容作为题材引入各种样态的散文中。散文以散为本，特别是漫谈随笔一类，作家们经常是有感而发、材料信手拈来、下笔一挥而就，作为儿童读物时更有可能注重图文并茂，灵活采撷其他体裁样式的手法或呈现方式，比如在大自然文学的框架下，以散文为主体、结合着摄影和绘画的作品越来越多，刘先平的"大自然探险"系列、胡冬林的《山林笔记》、薛涛的"大自然的邀请函"系列等。薛涛的《我不是博物学家》源自他到白旗镇工作后的山居生活体验，与他朝夕相伴的鸟雀成为他观察描摹、写实写意的对象：

《我不是博物学家》

薛涛 著

安徽少年儿童出版社

小杜鹃

鸟类的一生看似庸庸碌碌，实际上肯定受到某种意志的驱使，或者留守冬天、预报春天，或者慨叹无边的落叶、歌咏四周的山峦。

春天时，鸟鸣此起彼伏。南山的松林和西沟的灌木丛是它们的擂台。

它的叫声在众多鸟鸣中非常出众。我时常呆立西沟，用一只耳朵把它的叫声挑选出来。

动听，并幽默，是它的特色。

怎么形容它的叫声呢？它没唱歌，它只是一而再、再而三地告诉白旗镇的人们："阴天打酒喝喝。"它的千叮咛万嘱咐渲染了山居生活的孤独，同时也给出了解决方案。

小杜鹃活跃的那段日子，我去镇上多"打"了好几次酒。

大杜鹃

进入春季，大杜鹃成了白旗镇显赫的歌手。如果它在近处，我能感觉到林子就在耳边。它若在远处，则令整个山谷更加幽深。

老周头望着山间的田野，长叹一声，说："布谷鸟回来了，又一年啊，该种地了。"

老周头的长叹没有悲观的色彩，不过是在感慨时光的流逝、季节的轮回。

鸟兽的迁徙和回归，总能拨动人们的心弦。一个沉静的灵魂，难免要发出亘古的慨叹。我暂居于南山，又何尝不浮想联翩呢。

不哭！不哭！

我生于辽北乡下，童年时代最重要的任务是带两个弟弟，保证他们开心，让他们不哭不闹。那时候，大杜鹃帮了我。当弟弟又哭又闹，它就会出手相助："不哭！不哭！"

我哄骗弟弟："你看，鸟都劝你不哭不哭，你还哭啥呢？"

弟弟听见了，破涕为笑。

小时候，人们管大杜鹃叫布谷鸟。我给它取了另外的名字，叫不哭鸟。

大杜鹃却不会"关心"自己的孩子。它常常把卵产在苇莺的巢中，蒙骗那只小可怜替它孵化、喂养下一代。大杜鹃毫不付出的行为受到人类的谴责。人类喜欢道德绑架，到最后把自己也绑了。

人类谴责动物的时候，应该反观自己的"德行"。

动物的"德行"无须人类管控。

斑鸠

在白旗镇，我经常遇见斑鸠。它们常常成对出现。它们沿着西边的田垄，啄食土里的虫子或草籽。我的小狗悄悄靠近，试图偷袭它们。它们不急不慌，从容飞起，再落在前面。

它们在后街啄食短梗刺五加的果实。主人防不胜防，也奈何不了它们，吐槽几句就算过去了。谁都不会对一只鸟怀恨在心。

它们飞过南山上空，落在高大的枫杨上面，不知何故又转到附近的槐树上面。我看不出这两棵树有什么区别。在斑鸠看来，槐树更好吗？

在通往莫家村的公路两侧，它们常常站在电线上，打量着起伏的山峦和平坦的田野。我不知道它们是否建立了内心世界，更无法了解那个隐秘的内心世界。与其他躁动不安的小雀相比，它们给自己留够了观察和思考的时间。寻找食物和伙伴之余，它们肯在某个地方停下来，这难能可贵。

如果用望远镜仔细打量，有的是山斑鸠，有的是灰斑鸠。脖子两侧分布黑白斑点的便是珠颈斑鸠。因为这片"珍珠"，它堪称最美的斑鸠。

三种斑鸠白旗镇都有，我常见到的是山斑鸠和珠颈斑鸠。比如我在曹家岭路边的林子里三次看见山斑鸠，每次都是单独的一只，这说明它一直独居。它在林下百无聊赖地走着，有一次是走过来，有一次是走过去，还有一次，它在林下静立，望着公路上一个扛袋子的老人。

凤头百灵

后街的溪岸对灌木和藤本植物更友好，越向西走越茂盛。这里是小型鸟类的乐园。

在这条路上，我发现很多鸟的踪迹。

凤头百灵就是在这里发现的，时间在5月12日下午。它头顶的羽冠明显，外加一身褐色的羽毛，掌握这两个特点就能认出它了。它在溪边一丛低矮的柳树上立着，发出特有的鸣声，我轻易便识破了它的真面目。我整个晚上都是愉悦的，就像散步捡到了宝贝。后来很长时间，我再没见到它。它的鸣叫偶尔在西边的田野回荡。我能确定是它的叫声，于是还像当初那样愉悦起来。

10月22日，我和洪成、雪芬在小房身附近捡玉米。在田野尽头的山脚下，我又见到凤头百灵。它从一棵稠李树飞下，落在田垄中间，田垄中间覆盖着被收割机撕碎的玉米叶子。后来，一阵秋风袭来，无数片叶子被卷向田野深处。我分不清哪是叶子，哪是鸟。

从这些片段可以看出作家的才情功力，特别是在散文创作上的尽情挥洒与自由奔放，篇幅不长的文字，除了人文科学的丰富内涵，作家的性情、兴致与兴味尽在其中。

隶属广义散文范畴，需要特别讨论的还有儿童散文诗和报告文学。

散文诗兼具散文和诗的特点，用散文的形式写出，不分行，不押韵，不受固定格式的约束，有散文的不拘一格，但都有饱满的诗情，篇章结构、节奏语言都有诗的特点。诗人泰戈尔的《新月集》中的《金香木花》《偷睡眠者》，中国诗人郭风的《花的沐浴》《红菇们的旅行》等都是脍炙人口的范例。很多散文诗会铺陈儿童生活的景象，抒发儿童的想象和情感，还常常带有童话诗的意味和韵味。

《一百岁的红领巾》

董宏猷 著

中国少年儿童出版社

以少年儿童为读者对象的报告文学，立足于反映少年儿童现实生活，关注他们成长中的心声，既报道各个领域涌现出来的少年英才，通过那些具有感召力的人物和事件，表现当代少年儿童具有时代特征的精神品质，也关注一些经受考验或陷入困境的孩子，表现他们以逆风生长的思想和行动挣扎突围的过程，传递成人及社会对他们的理解和关爱。董宏猷、孙云晓、刘东、章红等作家的作品都曾引起读者的普遍关注和热烈反响。

功能与作用

由于儿童散文内容广博、形式多变、结构讲究、表情达意、手法多样、语言精美畅达具有示范性，与其他儿童文学样式相比，其功能和作用在一些方面更为突出，主要包括：

　※ 开拓儿童视野，增进儿童的学识和修养；

　※ 丰富儿童的心灵和情感；

　※ 提升儿童的思想境界；

　※ 发展儿童的观察能力；

　※ 促进儿童语言能力的提升；

　※ 培养儿童的审美意识和鉴赏能力；

　※ 提高儿童的阅读和写作能力。

在散文作品资源日益丰富的前提下引导儿童进行广泛的阅读，切实发挥儿童散文品种多样、形式灵活的优势。

🔍探索与思考

你认为儿童散文这一体裁样式最突出的特点和优势是什么？你印象最深刻的散文作品有哪篇？为什么？

图画书

概念和特点

图画书，英文名称为"picture books"，是一种以图画为主要表现内容的读物总称。图画书包括虚构与非虚构、文学与科学等大类，也有字母书、立体书、玩具书等特殊品种，我们还常用"绘本"指代这种读物。佩里·诺德曼在著作《说说图画：儿童图画书的叙事艺术》中认定图画书是以年幼孩子为读者对象的书，"通过一系列的图画，结合较少的文字或完全没有文字来传达信息或讲故事"；芭芭拉·巴德则认为，"图画书是由经过整体设计的文字和插画组成的图书，是手工艺品和工业制品的融合，是社会、文化和历史的文本记录"，强调图画书是独特的艺术作品，"靠插画和文字共同叙事，由对开的页面来展现场景，靠翻页呈现戏剧效果"，在艺术表现上有"无限的可能性"。

在中国儿童读物的体系中，"图

《中国图画书创作的理论与实践》
陈晖 著
湖南少年儿童出版社

画故事书"又是长久以来已有的概念与品种名称，指代那一类主要提供给学龄前幼儿及学龄初期儿童阅读的、图文并茂的故事类读物。"picture story books"与这类读物显然并不是一个概念，虽然它们有时还共用"图画故事"的名目。

我们现在关注和探讨的是与"picture story books"对应的图画故事书，是基于以图为主的图文关系创作的、具有文学性和独特艺术品质的、阅读与欣赏都有别于传统儿童图画故事读物的作品。图画的地位是区分它们的首要标准。在图画书中，图画不再是插图——插图主要用来增强表达效果，对作品的内容理解并非完全必要，图画是图画书作品中最核心的组成，有着与文字同样的叙事表达功能，有和文字同等乃至超过文字的重要性，图画书也因此成为文学和绘画及设计艺术结合的、新的儿童读物体裁和样式。

不同专业背景的图画书研究者已达成的共识包括，图画书是"图画"和"文字"结合而成的"复合"文本，通常是由"图像"和"语言"两个符号系统共同呈现，并在作者与读者交互作用中完成其艺术空间的最终构建；图画书作品会反映特定时代和社会的文学、艺术、美学、教育学的观点，体现作者和绘者个人的审美趣味及风格取向；图画书主要为儿童创作，但许多作品拥有并适合包括成人在内的广大读者。

图画书的源头可以上溯至17世纪甚至更早的历史时期，英国作家碧翠克丝·波特的"小兔彼得的故事"系列是早期图画书的代表作品。图画书作为一种新的文学艺术样式得到确认并有相当规模的出版，大约是在19世纪末20世纪初。一般认为，图画书的兴起取决于下列条件：

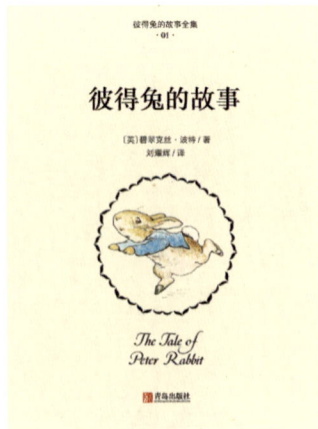

《彼得兔的故事》
[英]碧翠克丝·波特 著
青岛出版社

※彩色印刷技术的发展；

※教育观变革、社会对儿童及童年有更深刻的认识；

※儿童书籍插画艺术品质的提升；

※儿童对书籍的需求增长；

※社会经济、文化及消费水准的提高；

※儿童图书市场的成熟。

而图画书作为一种全新概念的儿童读物品种，先进的教育思想和文化观念、丰富多彩的绘画艺术表现、视觉传导的理念与技术、新颖独特的创意设计、锐意探索的呈现与表达、媒材的复合使用等，是其完善及发展的基础、方向和驱动力。

🔍**实践与探索**

　　找一本图画故事书，说说确认它为图画故事书而非插图故事书的理由。

图画书的题材和主题

　　图画书的题材与主题的选择和确定，有适合图画书性质及形制的考量，但读者接受具有实质性影响。以不同年龄阶段儿童为预设读者的图画书，无论是虚构类还是非虚构类，会契合儿童的身心发展、对应儿童的成长需求及阅读趣味，题材丰富、主题鲜明是基本取向。

　　儿童图画书的题材首先关联的是儿童的生活。中外图画书作品都会从儿童的日常活动出发，围绕家庭、亲情、学校、伙伴、游戏、幻想等核心取材。国外的比如《野兽国》《大卫，不可以》《我爸爸》《我妈妈》《迟到大王》，国内的比如《团圆》《西西》《和我玩吧》《翼娃子》《明天见》《长大以后干什么》《小狗，我的小狗》等，为广大读者所熟悉。很多图画书由外而内，关联起儿童的生活现实与心理，比如安东尼·布朗的《小凯的家不一样了》以悬念与种种暗示深入一个即将迎来弟弟妹妹的小哥哥内心的忐忑与怔忡；彭懿和九儿的《妖怪山》，借助游戏与魔幻，让慌乱中丢弃同伴的几个孩子直面自己行为的错失，一年后重返发生意外的事故现场，最终完成了救援及自我救赎。这类图画书呼应儿童经验，对小读者具有天然的吸引力。

幻想故事和动物故事的共同特点有拟人的主人公，多数针对并适合小龄儿童阅读。系列作品很多，比如国外有"小兔彼得的故事"系列、"米菲"系列、"14只老鼠"系列、"11只猫"系列等，中国有"快乐小猪波波飞"系列、"章鱼先生有办法"系列、"小熊兄妹"系列。单本经典之作也很多，比如外国作品《好饿的毛毛虫》《鳄鱼怕怕 牙医怕怕》《母鸡萝丝去散步》《逃家小兔》等，中国作品《天啊！错啦！》《夏天》《别让太阳掉下来》《乌龟一家去看海》等。这类题材的图画书故事生动、情趣盎然，能带给孩子愉快的阅读体验。

幽默故事和滑稽故事图画书，以游戏及娱乐为取向、玩笑和戏谑为特色，格调轻松愉快，主题意涵较为宽泛，比如创作中国原创图画书的彭懿、田宇组合，以荒诞幽默定义其图画书系列，他们的"32个屁""冲呀，巴士""快逃，星期八"俘获了万千儿童读者，在国内图画书畅销榜单上名列前茅。

世界各国都有不少取自神话传说、民间故事或采用民间故事风格的图画书，国外作品有《三只小猪》《狼和七只小羊》《狼婆婆》《苏和的白马》《爷爷一定有办法》《石头汤》等，中国作品有《哪吒闹海》《百鸟羽衣》《牛郎织女》《老鼠嫁女》《漏》《大脚姑娘》《从前有个十不足》等，这类题材的图画书文化底蕴深厚，想象神奇瑰丽，能吸引孩子阅读，"正义战胜邪恶""弱小战胜强大""智慧战胜困难"等道义法则更能够给予孩子情感态度价值观的有益启示。

《从前有个十不足》
陈晖 改编
中国和平出版社

中国图画书比较重视从故乡和乡土的角度描绘不同时代的童年生活。《荷花镇的早市》《安的种子》《鄂温克的驼鹿》《打灯笼》《夏夜音乐会》《回乡下》《一双大鞋》《大运河送来爷爷的车》，这类图画书民族文化色彩浓郁，不同地域的风土风俗风情能够给孩子新鲜感，开阔他们的眼界。

当代图画书已经开始涉猎一些重大题材领域，比如战争题材图画书，国外有《铁丝网上的小花》《大卫之星》《世界上最美丽的村子》《敌人》等，中国有《火城——一九三八》《南京那一年》《迷戏》《一颗子弹的飞行》《虎子的军团》等代表作，这类作品记录战争的残酷与破坏，图文具有冲击力，能唤起读者对和平的珍爱；比如死亡题材图画书，国外有《獾的礼物》《爷爷有没有穿西装》《爷爷变成了幽灵》《活了100万次的猫》等，中国近年来也有一些为人关注的作品，像《大熊的信箱》《胖金鱼去哪儿了》《灯塔水母》等，多为年轻画作者创作，引导孩子正确理解并接受人生终将面对死亡与告别，领略生命的尊严与价值。伴随儿童的社会化成长，更多严肃的题材进入了图画书选材范围，比如种族与宗教冲突、歧视、犯罪与暴力、父母离异及家庭重组、性别和性的生理与伦理等，《有色人种》《都市小红帽》《我的爸爸叫焦尼》《妈妈从没告诉我》是具有代表意义的作品。

非虚构图画书题材领域无所不包，广泛涉及人文、科学、自然、艺术等大类及各细分小类，其中科普图画书占比较为突出，且多以套系推出。在保证知识内容系统准确的前提下，这类图画书中脱颖而出的多是那些绘画表现精彩、视觉具有冲击力、版式设计精美，或能调动读者参与互动的作品。引进版中的优秀之作不胜枚举，中国原创图画书中亦有上乘之作，以《北京——中轴线上的城市》《盘中餐》《一条大河》《一颗莲子的生命旅程》《飞吧，飞过最高的山》《雪豹梅朵》《作物起源》

《盘中餐》

于虹呈 著

中国少年儿童出版社

等最为引人注目。

图画书主题，受其艺术表现个性、多样性和创造性影响，与文学故事相比，似乎呈现出更为复杂的形态。不同图画书作品的主题，有单纯与丰富、浅近与深刻、明朗与隐晦、集中与分散等显现与表达方面的差异；许多图画书兼容儿童和成人的读者，主题内涵则有可能具有深浅不同的层次；作为图文都具暗示性的艺术形式，作者表达的主旨与读者理解的主题又往往不完全吻合。这都为图画书主题的理解和思考带来了广阔和自由的空间。

观察那些主要为儿童创作的图画书，对其主题可以获得一些关于主题的印象。作为儿童读物的重要品种，图画书会重视其教育性内涵的表达和呈现，为学前儿童创作的图画书大多具有鲜明而集中的主题指向：道德范畴的友善、勇敢、宽容、责任等，情感范畴的爱、关心、亲情、友情等。侧重不同主题的图画书会依托各种故事素材，进行各具立意、异彩纷呈的表达，有的还会对两个以上基本主题进行叠加，以增加主题的宽度和厚度。

为学龄期儿童创作的图画书题材更为宽泛，主题不仅会指向成长经历、生存状态，更会朝向时代与社会，将文明历史、家国情怀、文化传承、生态保护等纳入表现范畴。中国原创图画书中的《中国》《红军不怕远征难》《那里有条高高的河》《你看见喜鹊了吗？》《哐当，哐当，过中秋》等作品比较典型。在儿童图画书领域，无论是作者还是读者对其主题教育性的理解趋于广义，兼容了道德、认知、心理、情感、生活、社会、文化、美学等方方面面，接受与接纳、自主与独立、平等与尊重、包容与合作等，成为很多图画书作品共同演绎的"主旋律"。李欧·李奥尼的作品在这方面具有代表性，他的《小蓝和小黄》《小黑鱼》《田鼠阿佛》《鱼就是鱼》等作品凭借卓越的想象力及视觉传导能力，将那些原本深刻的教育理念和哲学思想，比如主体与客体，个性与共性、个体与群体间相互关系的思考，投射在儿童感兴趣的幻想情境中，有效传递给读者。主题的思想高度与深度是图画书质量的重要保证，也决定着相关作品的阅读价值。

探讨人生哲理的图画书很多，有的分别指向成人和儿童读者，有的则没有明确的针对性。其实只要与故事叙述有机结合，表达富有趣味，哪怕主题思想颇具哲学意味，也能在较浅的层次被儿童接受和感知。比如谢尔·希尔弗斯坦的作品《爱心树》《失落的一角》《失落的一角遇见大圆满》，深入的阅读与体悟可能更需要人生阅历的支持，但作者的构思新颖独特，让深刻的道理呈现为浅近的图说，儿童可以有自己的感受和理解，部分切近主旨的把握与接受。曹文轩近年与中外画家合作推出哲理绘本书系共包含四册：《今天在等待着明天》《变变变》《灵魂像鸟一样飞往南方》《谁在深夜敲鼓》，依托故事及其寓意、悲伤或欢乐的情感，将哲理与人们的生活日常、与大千世界的万物对应连接，将诗的绚烂文字与图的缤纷画面交融交汇，作品兼有深切的思想、艺术的美与天真的趣味，大人和孩子打开书页浸润其中都能有所获得。

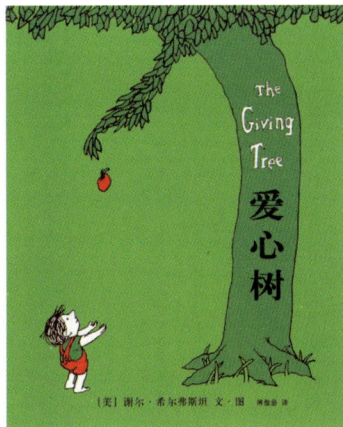

《爱心树》
[美]谢尔·希尔弗斯坦 文图
北京联合出版公司

部分面向市场的图画书选择的是功能化主题定位。这类作品介于文学性图画书和认知类图画书之间，创作伊始就有功能性主题预设，比如"自我认识""情绪处理""同伴关系""生命教育"等。"主题先行"及"主题标签"标注，又在一定程度上干扰的作品文学艺术品质，但也迎合了受众对读物的目标需求。其中的精品，比如国外的苏斯博士"教育绘本"系列、斯凯瑞"金色童书"系列等，中国的"这就是二十四节气"系列、"儿童历史百科绘本"系列、"水墨汉字绘本"系列、"交通安全十二生肖"系列等，受到了家长和教育机构的普遍欢迎。

随着图画书成为创作出版的重点板块，技艺技巧技法的更新迭代，图画书的主题也越来越开放，并在破与立中不断变异。国外许多图画书经典需要置于"后现代"语境中加以理解，进行阐释。一些没有标记或将读者限定于儿童的作品，比如桑达克的《在那遥远的地方》《午夜厨房》《亲爱的小莉》等，其主题隐晦不明，只让读者模糊感知，难以给出确切的表述，图画书的主题阅读也因此具有了不确定性与挑战性。

至于另一些依靠创意主题支撑的图画书，如果过于抽象，或极端个性主义，在没有叙述方向和线索的状况下，主题诠释拥有了无法穷尽的空间，同时也失去了进行解说的可能与必要性，变成了事实上的空泛主题或无主题，它们或者在成人绘本文学世界更有存在的价值和意义。

图画书的故事

佩里·诺德曼曾认定图画书"不仅是儿童文学最常见的形式，也是特别为孩子保留的说故事形式"。文学类图画书通常会讲故事，**故事赋予图画书文学的属性**，吸引孩子阅读，**也构成图画书的内容基础**。

图画书的故事类型，主要有儿童的生活故事、幻想故事、动物故事、幽默故事、滑稽故事、神话传说及民间故事等，此外还有文学经典的图画书文本以及传统故事的戏仿、重述和改写。主要提供给儿童阅读的图画书，选择及呈现出来的故事，具有儿童故事的基本特征。生活故事多以儿童为主人公，起承转合地完整描述一个事件，有起伏有高潮有意外的突转，儿童情趣饱满。幻想和动物故事主要采用拟人、夸张等幻想手法，以对比、排比、重复、递进等手法架构故事。神话传说故事或讲述万物起源，或描摹风土风物，或演绎民间智慧，幽默风趣，生活气息浓厚。图画书的故事魅力与这些类型故事的特点密切相关。

但图画书的故事形态又明显区别于文字类的儿童故事。它们通常是一些适合用"图"来"说"的故事，或是用图和文能够说得更出彩的故事。

无字书或无文图画书，必须是完全用图讲出的故事。瑞士世界著名插图画家莫妮克·弗利克斯有一套风靡全球的无字图画书，主人公是一只无名的小老鼠，在画家笔下，小鼠摇身变成了魔术师，在白纸上随心所欲地建立它的童话王国，它用牙咬出纸字母、纸数字，在纸上绘出五彩缤纷的图画；纸后面是绿色原野，它便建一所小房子，和朋友"过家家"；纸后面是蓝色大海，它便折一只小船，去航海；纸后面是村庄和稻田，它便造一架纸飞机，坐飞机去品尝金黄的谷粒……一个个轻灵美妙的故事随着画页徐徐展开，将儿童读者导入图画书极富想象力和美感的艺术世界。单本作品最具有代表性的有雷蒙·布力

《小船》
[瑞士]莫尼克·弗利克斯 文图
明天出版社

格的《雪人》，其内容饱满丰厚，作者的故事布局细密扎实、张弛有度，节奏明快、推进顺畅，读者能够轻易把握故事的轮廓与脉络。

图画书首先以图画吸引儿童，儿童阅读图画书，注意力也更集中于图画，但图画故事书之所以成为儿童最钟爱的品种，与其故事性密不可分。图画书的故事性有强弱，有的会讲一个跌宕起伏的精彩故事，有的只是营造出故事的氛围或趣味，即使是同一作者的作品。与《晚安月亮》比，《逃家小兔》的故事更吸引读者；与《风喜欢和我玩》比，《在森林里》的故事线索更清晰。一些诗性的绘本，比如国外的《风到哪里去了》《黎明》《树真好》等，中国的《我要飞》《下雪天的声音》《好像》《小雨后》等，有人物、场景，但以情境的铺叙为主，故事性相对弱化。

图画书的故事，是主要借助图画讲述的故事。受图画的叙事方式与叙事空间的限制影响，图画书的故事状态与品质跟文字书故事有明显而确切的差别。同一个故事素材如果分别置于文字书与图画书中，会有不同的面貌，图画书故事需要有更适宜视觉传导的结构框架。为图画书创编故事，要从画面表达的可行性和图文共说故事的路径出发，做取舍详略的安排及整体的设计。

图画书作者的故事选材虽很自由，但也要做事先的评估及相应的处

理。视觉表现的效果、篇幅及空间的容量，创意设计的切入点都是需要考量的。通过故事线索设置、结构创建、节奏把握等策略，图画书会实现故事的创意讲述，比如图画叙事通常由场景的转换和组接实现，角色个性鲜明，矛盾冲突集中，有明显的情节转折与高潮，结尾收束有力。故事有张力的图画书，会围绕某个事件紧凑展开，预埋悬念并制造曲折的情节波伏，安东尼·布朗的作品具有代表性。在《走进森林》中，爸爸的去向、男孩的迷路、奶奶的状况，整部图画书因作者的有意暗示弥漫着紧张感，读者的不安直到作品结束才得到解除；在《隧道》中，作品先是渲染兄妹间的疏远隔膜，很快就让他们遭遇突发事件，妹妹进入幽暗秘境寻找、目睹哥哥变成石像拥抱哥哥助其复原，故事在到达顶峰后立刻逆转，危机化解源自兄妹间天然而固有的手足之爱，照亮了作品也调和了故事情调，还赋予了幻想的故事以现实的逻辑。

悬念在一些图画书中被特别用来支撑整个故事结构，构成推进故事的内在力量，比如《第五个》中，那扇时开时关的门一直同时牵制着作品中人物和作品外读者的注意力，谜底直到最后才揭晓。由于图画书翻页所带来的停顿，悬念的效果会得以放大，读者对故事的进展有自己的预测和预期，有急于去证实的意愿，当这个心理反应过程被翻页阻隔、被看图的过程延宕，即使作品本身没有太剧烈的转折，细微的波澜也能激起读者的好奇心，令其追踪故事进展。比如《快乐的一天》，悬念经过铺垫和蓄势，最终推出的那一朵黄色小花给了所有读者惊喜，也将作品带向了高潮。

中国图画书这些年的作品在讲故事方面有所突破，比如朱成梁的《火焰》，以图画书重述西顿动物故事，画面精心选择的时空瞬间，将母狐救子的行动置

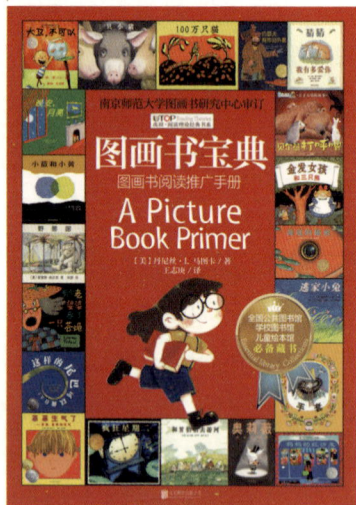

《图画书宝典》

[美] 丹尼丝·I.马图卡 著

北京联合出版公司

于惊心动魄的生死险境，猎人、猎犬、火车、轨道……母狐在本能驱使下爆发出的能量，情节进展无时不在的紧张，自然生成了戏剧张力，故事结尾还安排了狐狸母子侥幸逃脱劫难之后的出走，令读者回味。徐萃、姬炤华的《天啊！错啦！》在图文交互讲故事方面有上乘表现，但故事依然靠矛盾和悬念推送，裤衩和帽子的分歧，谬误和错误也包括将错就错的正确与合理，串联起所有的角色，也从开头贯穿到结尾，延伸到了环衬和封底，故事的趣味尽在其中。

有一部分图画书，会以新异、机巧、奇妙的构思，形成故事双线以扩充故事的容量，比如国外的《爷爷一定有办法》《阿利的红斗篷》《胆小如鼠的巨人和胆大包天的睡鼠》《莎莉，离水远一点》等作品，中国的《我是花木兰》《了不起的罗恩》《不要动一只蜗牛》，或明或暗地展开两条叙述线索，让它们平行、交叉、重叠、衔接、汇合，沿着彼方与此方、现实与幻想、生活与心理等不同的轨道和区间搭建并拓展故事的格局。

排比铺陈和反复递进两种手法大量地被运用在单一线索结构故事的图画书中，作者或进行故事人物和事件的叠加，或让人物轮换出场，一波三折的推进故事，或让故事环环相扣、首尾相连，这些作品多是些针对学龄前期幼儿的图画书，比如国外的《月亮的味道》《想吃苹果的鼠小弟》《彩虹色的花》《换一换》等，国内的《别让太阳掉下来》《敲门小熊》《跑跑镇》《太阳和阴凉儿》，通过递进的铺叙和展开故事结构和节奏，制造出绵密的、为儿童所熟识的故事感。

优秀的图画故事书作者都会精心打造匠心独具的故事细节，这些细节能够卓有成效地渲染故事效果、彰显故事魅力。只要读过，读者就一定能过目不忘，当逃家的小兔变成了河里的游鱼，化身渔夫的兔妈妈要钓起它，所用的鱼饵是一根小胡萝卜；鼠小弟面目全非的小背心最后成了它荡在大象鼻子上的秋千索；疯狂星期二晚上的青蛙看老太太的电视，用长舌头操作遥控器；机智果敢的宝儿为救母，用买来的狐狸尾巴乔装变身；跟踪烈日当空的夏天一望无际的荒原，父亲的高大身影成为孩子的阴凉；小白和小黑各自房间中看得见四季风景的窗户……令人拍案叫绝的细节为图画书增色不少，作品的故事性也随之得到提升和凸显。

另一些图画书的故事细节却是以隐蔽的方式存在和发挥作用的，比如《大猩猩》结尾爸爸口袋里斜插着的香蕉；《推土机年年作响，乡村变了》里的小白猫和最后一页马路上的刹车印痕；《森林大熊》中董事长办公室地上铺垫的熊皮；《铁丝网上的小花》中青草地最后溅上点点猩红；《小年兽》中爱恶作剧捉弄人、不断变换着形象和色彩的小怪兽，到最后不好意思地"红了脸"；《走出森林的小红帽》中即将重返森林的大灰狼丢弃了给它包扎伤口的红色衣带；《虎子的军团》中虎子冒着生命危险也要找回的木头卫兵在敌机炮火轰炸下折断的是腿而不是枪……令人印象深刻的细节，不仅会增进故事的层次和效果，也会为故事添加含义和寓意。

叙述者与叙述角度亦会生成故事的意味和况味。图文共同及分别的讲述经常会带来比照和相映成趣的喜剧感，比如《三只小猪的真实故事》，狼的自我申诉与画面透露出的讯息所形成的对照与反讽是故事建构的基座，亦是故事趣味的主要源头；《鳄鱼怕怕 牙医怕怕》绝妙之处就在于两个关系人物同一的"各自表述"，直到最后才出现"你"和"我"的差异与分离，顺势将故事推向结局和高潮。许多图画书刻意选择"第一人称"叙述视角，以能达成独有的故事意味，中外图画书作品《我的爸爸叫焦尼》《蚯蚓的日记》《会说话的手》《我是老虎我怕谁》在这方面就颇有代表性。

"后现代"语境中的故事消解、破碎与解构，投射到了图画书的讲故事实验中，但会有所节制，比如大卫·威斯纳的《三只小猪》，虽然让人物自由游走于不同的故事空间，以表达对传统故事的颠覆、拆解和重组，但还是整合及讲述了一个全新的故事，哪怕小读者忽略作品"后现代"的文化背景，也可以欣赏并满足于这个故事的特别。像《小心大野狼》等以荒诞为特色的作品，在某种程度上能与当代儿童感兴趣的"搞笑"和"搞怪"遇合。

《三只小猪》
[美]大卫·威斯纳 著
江苏凤凰少年儿童出版社

对图画书故事性状的认知，不能只停留于浅表的层面。图画书固有的图文"复调"，让图画书故事有着颇具弹性的质地和肌理，具备了让故事成倍的增容的可能性和条件。诺德曼在《阅读儿童文学的乐趣》一书中曾特别指出，"一本图画书至少包含三种故事：文字讲的故事、图画暗示的故事以及两者结合后所产生的故事。"这提示我们，被篇幅和版式限制着的图画书故事，会因为图文两个系统的交互，有着多维多向的扩充与衍生，这种图画书故事"异度空间"的立体状态，提醒读者进入图画书纵深而开阔的故事间架时，需要进行全方位的感知、探寻、拼凑和还原。图画书故事的阅读不仅要**连缀和填充故事**，更要**发现故事和创造故事**，如同诺德曼所说的，"图画书的乐趣不仅在于所述说的故事，同时它也是找出故事的游戏。"**图画书的主体是图画，基础却是故事**，是故事成就和建构了图画书，图画书从本质上看还是一个或几个故事——"用图画说的故事"。

♥实践与探索

找一本图画书，看它的故事是怎样由文字和图画来讲述的，文字讲述了什么？图画又讲述了哪些部分？

图画书中的图与文

与任何形式的语言艺术不同，图画书主要靠图文叙事或图文协同叙事。文学故事书中由文字主要承担的叙事大部分转由图画来实现和完成，除概述性说明、时间标记、声音描述、味道记叙、人物对话等画面不擅长表意的内容，人物性格、外貌动作、表情神态、心理活动和情感情绪，故事发生的环境、事件发生的过程、具体的场面和场景等，都有可能通过画面一一展现或暗示出来。**图像是图画书信息传导的主要手段，是图画书最基本的叙述"语言"。**

图画书用图说故事时，一部分以画面直接呈现，另一部分通过绘画元素的影射及表达，比如意念、情绪、感觉一类无法直接显示的内容。除了应用图画所固有的表意符码体系，图画书会经常应用一些已经相对固化的叙事模式，读者的阅读也会借助对这些"图说"符号和既有程式的认识，读懂图画书中的图画的意义内涵。珍·杜南在《观赏图画书中的图画》中表明了自己的主张，图画书领读者不应只把焦点放在故事叙述上，而应该告诉孩子们图画书的构成，因为拥有的知识越多，从图画中获得的讯息、领略的意味就会更多，在掌握了规律的读者眼中，简单的图画也会变得丰富。

许多图画书的研究专著为读者们的阅读提供了专业的支持和帮助，国外有《图画书宝典》（丹尼丝·I.马图卡）、《一本书读透图画书》（苏菲·范德林登）等专著；国内方面，以台湾地区的《好绘本，如何好》（郝广才）和大陆地区的《世界图画书 阅读与经典》（彭懿）为代表。这些普及图画书知识的著作，详尽讲解了图画书的图画凭借线条、形状、色彩、媒材等视觉元素以及轮廓、动感、位置、方向、切割、比例、聚焦、透视、视点、运镜、留白、重叠、变形、光源、影线等图画技法，实现的叙事功能和效果，读者可以深入了解图画书通过各画面的构图及相互之间的组织，通过时间与空间、静止与运动、比照与反差、变化与平衡、平面与立体、背景与景深、光影与氛围等最终实现的视觉叙事。一些经典作品画面读者可以作为印证的案例，比如《疯狂星期二》中通过背景和方向演示的青蛙与狗那场短兵相接的遭遇战；《大猩猩》中通过光线与暗影表达的女孩的孤独与对父亲关爱的渴望；《隧道》以画面中的树木变形、人物身形虚化所传递的意义及超现实主义画风印记；《野兽国》中小主人公马克斯于画面所处位置及与背景的大小比例所传达的人物起伏的内心情绪等。但我们运用视觉叙事的

《野兽国》

[美]莫里斯·桑达克 著

贵州人民出版社

概念或术语解读图画时要尽可能谨慎，因为它可能只是主观的理解。

有的图画表意符号常见且通用，像人物头上用放射状短线表达情绪、身后以水平线表现速度、脚下以影线表达质地；标点时空环境的日月、楼梯、窗户、阁楼和屋顶，有说明和隐含义的时钟、镜子、画框、玩偶，都有比较明确的意义。当读者积累了足够的阅读经验，这些符码的信息识别会比较容易。

除了依托常规，每一部图画书作者都不会放弃某种必要或可能的标新立异。图画书是极富个性的艺术品，作者即使沿袭和依托某些基本图示，也会尽力建立起一套属于特定文本的"图说方程"——利用版式结构、构图造型、线条变化、视点转换、色彩搭配、媒材使用、图文结合状态等所有艺术手段，它们的组合及叠加带来的自然是无穷尽不可限的自由创建。所以阅读一本图画书，只透过"通用"的常理进行"解码"，大概只能停留在"读懂"的表浅层面，对作品叙事艺术的独家秘籍进行识别和捕捉，才能触及这部图画书最具价值的内核和精髓。

大部分图画故事书是以图文两个符号系统共同完成叙事的复合文本，兼有图画与文字的图画书，文字的地位需要加以辩证。对图画书以图为主的认定，侧重于切割其与传统的图文并茂类读物，注重将图从锦上添花的辅助提升至主体构成。就创作而言，不管图文作者是不是同属一人，作品一般还是先有构思，构思也往往先用文字表达，然后进入图画绘制。当然经常会在图画完成后再次对文字做出调整，但文字及文字形成的构思，到底是图画的依据和图画书的生成基础。不同的图画故事书，图和文的主从地位也会不同，对作品而言，其文字与图画的意义及支撑作用应该是对等的，至少需要达到和谐与平衡，哪怕是少量的文字与大量的图画，这种平衡也会通过文字的质量实现。

对图画书文字地位的判断和评估，还联系着对图画书文学属性的判定和讨论。对于无字书是否具有文学属性这个问题我国学界曾经存在着争议：一种看法认为，没有绝对意义的无字书，起码书名还有字，图画书只要叙述故事，哪怕无字，也会有叙事文学的某些特性；另一种意见认为，文学首先是"语言的艺术"，作品文学性的强弱与其语言文字的质与量有直接的关系，判断无字图画故事书的文学属性应该谨慎。一些研究者倾向于将文字量偏少的文本视为更具典型性的图画书，认为图画书本质上是以"一连串图画和少量文字"讲故事的文体，只在最必要时使用文字。姑且不论这个定义研究者是否有共识，可以肯定的是，图画书的文字与文学作品的文字，有着差异明显的运用方式、状态和特征。从这个意义上说，图画书的文字，经常能够以少胜多，不构成对该部作品文学性的决定性影响。

从当前所见的中外图画书作品看，图画书文字并不处在绝对的体量控制中，有的作品文字所占版面与图画基本持平，比如《花婆婆》《森林大熊》《驴小弟变石头》。从版面考量，图画书文字还是需要避让并为图画预留空间，减省压缩之下，事件的文字叙述只能是简明的概要，不会赘述适合于画面的内容。哪怕内容厚重的图画书，宏大叙事经过减省，也有可能完成意义表达，比如描写战争和家族历史的《虎子的军团》《百年家书》《远方的归来》，时间跨度接近百年，文字在200字之内。提供给低龄儿童阅读的图画书，考虑读者对象的欣赏指向、识字水平和能力，用字的精简也成为必要的选项，比如《母鸡萝丝去散步》《第五个》《小牛的春天》，每本书全书只用了不到100字。

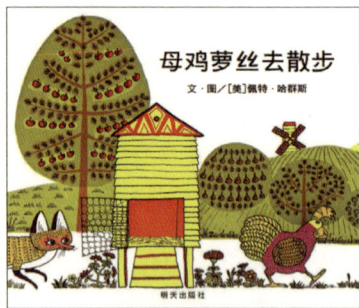

《母鸡萝丝去散步》
[美]佩特·哈群斯 文图
明天出版社

文字的"不完全叙事"在更多的图画书中，表现为故事过程的叙述删减，文字变成了"只言片语"或者是不连贯与不连续的句段排列，将全部文字提出也不是一个完整的故事轮廓，即使要讲一个复杂的故事，文字也可以不成为叙事主体，只对图画和故事做必要的提示与补充。有时一个语气词可能成为一两幅图仅有的文字。

图画书文字有着灵活多变的性状，包括象声或象形、互文或回文、双关或谐音、概括或铺陈、陈述或说明、比喻或象征，包括描景状物、情感抒发、心理独白、人物对话……凡此种种，不一而足。图画书文字还经常是越轨的样态，打破文法的规定，后置主语，省略成分，跨页断句和连接，让一句或一段话中的文字分散、隔断在不同的位置上遥相呼应，使用标点符号延伸，转换字体、随形象形……一切都取决于图文配合及设计的特效。那些处于零散变异形态的文字，相互之间不具有组织关系，却会与图画最大限度地咬合，成为整本图画书的有机构成。

当作者认可图画书首先是读或讲给孩子听的作品时，会特别考虑结合诉诸视觉的图画与诉诸听觉的语言。尤其是一些追求诗性审美的图画书，文字往往有金石般的音乐之声，语汇的选择，词组的搭配和句式的调整会格外讲求字符音节的和声、节奏和旋律感，并综合考虑所有文字的组合方式，或以排比、递进连贯，或以重复、首尾衔接循环，让文字的音律在绵延、断续、起伏中逐步推向高潮，再于戛然而止或余音袅袅中完美收官。让读者听起来抑扬顿挫，动静相宜，声情并茂。有角色有场景的图画书，文字的音效会用来塑造人物、描绘景象、渲染气氛、表达情感。当图画书的文字兼具了画面感和音乐性，无论字数多寡，分量几何，就能成功地提升作品的文学性。

优秀图画书的文字作者会依据故事题材与内容，在能够实现画面表达的前提下，建立起文本某种特有的文字韵味和品格。纵观那些流传广泛、为读者津津乐道的经典图画书，其文字无不摇曳多姿，或生动具象，或凝练抽象，或清新雅致，或通俗平易，或有书面语的精粹隽永，或有口头语的生活气息，或富诗情哲理，或具儿童天真，或戏谑嘲讽，或幽默玩笑……即使是国外的图画书，如果译者能秉承信达雅的翻译原则，并精准作品及作品文字的调性，也有可能让文辞表达得

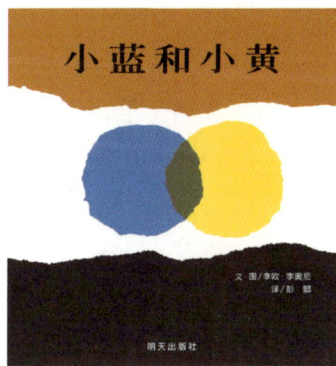

《小蓝和小黄》
[美]李欧·李奥尼 文图
明天出版社

卓越，与原画原作相契合，比如《爱心树》《小蓝和小黄》《在森林里》《猜猜我有多爱你》《小房子》等，都是其中的代表。

图文结合完美的图画书，图与文的关系是相互融合、交相辉映的融合互动关系：精简的文字，承担图画不便表达的内容，表情达意；精彩的图画，以具有冲击力的视效，夺目吸睛；图尽情铺陈，文画龙点睛；图与文对应并呼应，声形并茂，绘声绘色；图"断"则文"续"，文"断"则图"续"，图文共舞般的珠联璧合，图画书终成为语言艺术和视觉艺术的合体，集聚并交汇来自文学和绘画的精华。

日本图画书研究者松居直曾经用一个简单的公式表示插图读物与图画书不同的图文关系性质：图＋文＝插图读物，图 × 文＝图画书，如他所概述的，**图画书的图文互相具有增效的功能。图画书虽然图有图的效果，文有文的效果，但它追求和呈现的主要是图文结合后获得的整体效果。**

需要指出，图画书图文结合的方式与层级也有浅表与进深之分。图文合一讲故事是一种，图和文各尽其能、相辅相成，配合完成一个故事的讲述；另一种是在图文之间建立更为内隐更为复杂的关系，包括故意形成冲突或反讽的另类关系，这样形成的故事可能呈现断裂、分裂的不确定状态，有时候创作者因文化和文艺思潮的召唤，引入叙事及对叙事视角进行有意的控制和干预，让故事结局保持开放，完成对原有故事的颠覆、重构、消解。

显然，图画书"图""文"分叙和共叙，本身就带有裂隙，包括多少存在的冲突和竞争，假如还要在文图之间做反向的操作，或让文更多带有概念、象征、暗示和多义的向度，或让图有更多庞杂、抽象、混沌、纷乱的任意妄为，图文关系状态将会陷入可能的迷局，带给成人或艺术界专业读者更多预设。

🍀**实践与探索**

比较几本图画书的图文关系，看它们的关系和效果有着怎样的不同。

图画书的装帧与设计

图画书作为结合了语言文学和视觉艺术的新兴样式，有着先进的读物设计理念，在读者面前打开的每本图画书，无论版式、开本、封面、扉页、环衬、内文，还是文字排列、页面布局、对页安排、边框设定，所有的装帧细节无不经过精心地琢磨，在最终成为一本复现原画质感、达到设计目标的作品之前，编辑环节包括印制过程中的精密控制，所下的功夫有可能不亚于创作本身。如同图画书的图画不再是图解文字的"插画"，图画书的装帧，也绝不是形式意义的附加元素，如果还包含有针对读者互动的特别创意及特殊工艺，这部分的权重将进一步增加。装帧设计是图画书不可或缺的组成——它们有可能直接参与图画书的故事讲述和意义传递，还会在标志该作的段位、品相，在彰显其艺术水准上发挥至关重要的作用。

专门提供给幼童阅读的图画书，包括用纸、用色、边角、印刷等方面的处理往往体现着对儿童身心的体贴和关怀，除了想象力和趣味，对读者年龄与相关接受能力、审美取向也要有所关照。图画书的装帧设计在很大程度上体现时代社会的儿童观和教育观，映照出儿童读物伴随人类文明进程的进步。阅读一本图画书，不要忽略其专门的设计，如果深入其中我们就会体会到其中包含的匠心。若不以专业眼光认真注视它们，不以专注的态度细致欣赏它们，会丢失许多图画书精妙内容、错过很多发现的快乐。

图画书版型的选择，主要取决于画家对于作品容量及表现的需要，与文字书相比，图画书的版型更具多样性，特殊开本也较为多见。图画书作品的规格会考虑预定读者的年龄和喜好，但也没有绝对的规定性，小龄孩子未必一定需要大开本，为幼童准备的图画书，比如"米菲"系列、"莫尼卡无字书"系列、"小熊兄妹绘本"系列等，开本偏小，孩子手持及翻阅比较方便。创作者选择大开本，应该是因为故事体量需要空间容纳，对页打开也更具有视觉冲击。选择异型开本则可能基于造型或构图，还有立体打开方向等独特需求。并不是所有的读者都敏感于图画书的版式，但其效果会在阅读时显现。

封面是图画书的"亮相"，会给读者留下深刻的第一印象，能够引发阅读兴趣并在一定程度上为整部作品定调。有的图画书会选择作品中最核心的一幅图画作为封面或封面的主体，有的则会专门加以绘制。封面上标注的书名、作者名、出版机构名称，字体选择与用图的风格、颜色、位置都有关系。有的精装图画书，比如《盘中餐》《神奇的小石头》等作品，特别配有护封，合并封面后视效叠加。

图画书的环衬——精装书翻开封面后出现的部分，经常被充分和巧妙地加以利用，哪怕它单色无图，也能点染出作品的情感氛围和审美基调，如果绘有图案，会引用书中的元素，直接和间接提点作品的概要，比如《隧道》环衬中的墙、书和球，《我爸爸》《我妈妈》中的睡衣花样，《阿利的红斗篷》中的门框和羊，《古纳什小兔》中洗衣机里的小兔，《小房子》的环衬中不仅提纲挈领地宣示了作品的主旨，还隐藏着故事性的有趣细节。有的前后环衬被用来讲故事或增加故事内容，比如中国画家刘洵的《翼娃子》的两个环衬同中有异、相互对应，除了他们家小饭店的营生物品，最引人注目的是前环衬写有孩子班级姓名的作业本，在后环衬上打开的作业本上面有一篇题为《我的家乡》的作文，前后环衬因此成为全书最出挑的一个跨页，成为令小读者格外欣喜的彩蛋。同样在环衬上很讲究的中国图画书还有《我是花木兰》《天啊！错啦！》《喜鹊窝》《鸡同鸭讲》等作品，值得细细品味。

扉页如同进入图画书的一扇门，内容和故事就此打开。扉页除了文字信息，会有一幅题图，多是主要人物、中心场景或故事背景，有些图画书的故事是从扉页开始的，比如《荷花镇的早市》，奶奶做寿的事情被提起，阳阳坐船去逛早市的序幕已然拉开。设计新巧的扉页特别能对读者产生感召力。有的图画书作家还会从扉页破题，比如《鄂温克的驼鹿》就特意在扉页前放置了五个跨页和一个单页，以电影镜头位移似的纵深感奠定鸿篇巨制的体式，衬托起作品厚重的人文色彩与思想底蕴。

创作者自然会在图画书的内页上下足功夫，选用大开本的画家会更青睐于跨页的使用。我们在蔡皋的《桃花源的故事》中看到了使用跨页与大图的绝佳效果和表现力度；周翔先后创作的《荷花镇的早市》和《我和爸爸逛巴扎》；于大武的《北京——中轴线上的城市》《一条大河》《中国》等多部作品，也都采用全部跨页的方式，让作品的画幅始终保持开阔舒展，开阖间自有大气磅礴的格局与气势。更多的作品会用为数不多的几个跨页，与小图穿插互补，突出高潮或核心场面，形成画面的变化与节奏感。

《荷花镇的早市》
周翔 文图
二十一世纪出版社

图画书文字同样需要在排版上投注心力，文字量的多少，文字表述的意思，文字的文法形态，图文交互的程度，都影响及决定着文字的字体形态、排列形状、方向位置。《和风一样散步》《迷路的小孩》《六十六头牛》等作品都有一些创新尝试，针对汉字的象形特点，合并狂草等书法流派，艺术家在原创图画书活用文字的方向上还会有恣意挥洒的空间。

边框和边线对于图画书所具有内容和形式的意义，以边线切割、扩张或压缩画面，以边框内外提示方位、动作与方向，从叙事上调控或干预规定故事等，边线的宽窄甚至都有暗示性。一些作品借助取消边线以获得空间的释放，有的作品以留白形成无形的边线。有的图画书还会采用装饰性边线，比如歌星麦当娜推出的图画书《英国玫瑰》，以时尚风格进行装帧设计，边线由糖果、面包、花朵小蚂蚁、小靴子的图案组成，与作品内容有浑然天成的贴切和兴味。

底色的选择首先出自作品表达的需要，可能也有画家的审美趣味。大部分作品以白色为底色映衬出色彩的斑斓，有的作品则通过白底上的素色，呈现某种情感和情绪；有作品从头到尾都采用某种基色再辅以同色调色彩，比如《小青虫的梦》中，在蓝色天空的映衬下，月亮及月光的白色，云朵和花朵的白色，蝴蝶翅翼中间及边缘的白色，通过色差和亮度精微区分，素净中的明丽格外动人；又比如《一本关于颜色的黑书》中，调动各种感官印象向盲童讲述色彩，采用了黑色的基底。不管怎样选择基色并做颜色的搭配，图文显示鲜明，整体富有动感及变化，是基本的原则。

封底对于图画书有收束作用，是使读者从故事世界回到现实世界的"出口"，它积聚和释放的能量与封面比并不逊色。许多图画书把故事讲到了封底，比如《团圆》，故事讲述从扉页开始，尾声落在了封底，那是父亲在外工作和生活的地方，他们的全家福照片醒目可见，照片中的母女穿着过年时的新衣，一家三口虽分属两地，父女夫妻的情感从未隔断，作品的主题由此得到了烘托与强化。《安的种子》的封面封底显然能看出画家的匠心，封面是主人公安在漫天飞雪中的特写，小和尚神情专注地端详着手心里的种子，平和庄重的脸上有隐约可见的笑意，封底是绿荷与白莲，从意象到色彩，封面封底都有着内在的扣连。《云朵一样的八哥》的封面与封底则是一幅跨页，八哥从悬挂着众多鸟笼的树上一飞冲天，是书名的刻意提点。

有的图画书，会着意运用各种特异书页，如采用折页、拉页的《柠檬蝶》《爬树》《我爱我的家 我爱我的国》《天上掉下一头鲸》，采用揭页和翻翻页的《如何让大象从秋千上下来》《夏天》。立体书也越来越常见，以镂空或剪裁页呈现立体效果的有《一个男孩走在路上》《蝴蝶你要去哪里》《我是蜻蜓你是谁》，整体的立体书有《长征》《大闹天宫》《欢乐中国年》。

图画书的装帧设计跟媒材的使用经常是一体化的，而媒材的选用缘起于创作者的初心及灵感。普通的媒材包含水彩、水粉、油画、丙烯、木刻、彩铅、蜡笔等，特殊的媒材则包含了各种意想不到的物料。媒材跟技法又密不可分，布艺跟拼贴联合，撕纸跟剪贴并用，许多中国图画书创作者在媒材应用上很有心得。布艺质地的图画书有《菊花娃娃》《方脸公公和圆脸婆婆》《姥姥的布头儿魔法》《一只特立独行的猪》等，撕纸拼贴的有《大雪盖不住回家的路》《抓流星》《从前有个十不足》等。九儿的无字书《旅程》选择由下往上的竖向开本，使用了水粉、剪贴、撕纸、拓印等多种媒材技法，还有护封的特别设计，在设计理念上有全方位的实验。用热敏材料制作的《企鹅冰书：哪里才是我的家？》，书本只有在冰冻下才能让油墨显色，对应着全球变暖的主题，冰书的创意形神合一。

国内外绘本越来越重视有科技含量的媒材包括特效，比如发光发声、散发气味、触摸质感等设计元素，能吸引孩子与文本互动，在体验和探究中获得阅读乐趣。

💡思考与实践

图画书的装帧设计怎样引导儿童读者欣赏？　是主动讲解还是等待他们阅读时自主发现？

功能和作用

图画书已经成为当下最受儿童欢迎的读物品种。图画书蕴涵先进的教育理念，交汇文学和艺术、思想与文化，创意新颖、风格多样，能够唤起儿童的阅读兴趣、培养他们的阅读习惯。图画书的阅读效能是综合的，在儿童开阔眼界、增进知识、发展思维、丰富情感、培养审美趣味等诸多方面具有价值和意义。陪伴指导儿童阅读的家长和教师，从文质兼美、风格各异的优秀图画书中，也能汲取人生智慧与文学艺术营养，和孩子们一起享受阅读的快乐，从阅读中获得精神补益。

💡思考与讨论

结合作品探讨图画故事书是否存在供成人阅读或供儿童阅读的区分。

结语：第二部分介绍了儿童诗歌、童话、少年儿童小说、儿童故事、儿童散文、图画书等主要儿童文学体裁，了解这些体裁的艺术构成和基本特征是我们阅读欣赏相关作品的重要前提，儿童文学作品的教学和学生阅读指导也应该建立在对体裁特征的准确理解和把握的基础上。明确各体裁的功能和作用能帮助我们更好地运用体裁概念促进儿童的文学阅读，培养他们的阅读兴趣并根据需求提供阅读资源。

第三部分

儿童文学作品的阅读教学

儿童文学作品的
阅读教学理念和策略

儿童文学作品阅读教学的性质

基础教育改革后，各体裁进入中小学语文教材的作品数量有相当程度的增加，选篇以儿童文学为主。**儿童文学作品的阅读教学与一般语文课文的教学有共性但也有差异，文学教学的性质和特点应该有所反映。**

中国的语文教育与国外不同，对文学作品的教学与一般文章的教学没有做明确的区分。在实际的教学过程中，一般由教师们在教参指导下针对文学或非文学课文进行相关的阅读教学处理。

新的《语文课程标准》虽然没有明确文学教学的概念，但从其对语文课程人文内涵的重视，对整体感悟、个性体验的倡导来看，文学教学已开始获得与语言教学同等重要的地位，并凸显出其特有的性质。

2022年颁布的《义务教育语文课程标准》已经认定：1～2年级学生能阅读浅近的童话、寓言、故事，向往美好的情境。3～4年级学生能复述叙事性作品的大意，初步感受作品中生动的形象和优美的语言。5～6年级学生能阅读叙事性作品，了解事件梗概，能简单描述自己印象最深的场景、人物、细节；能阅读诗歌，大体把握诗意，想象诗歌描述的情境，体会作品的情感。7～9年级学生能欣赏文学作品，能有自己的情感体验，初步领悟作品的内涵，从中获得对自然、社会、人生的有益启示。能对作品中感人的情境和形象说出自己的体验，品味作品中富于表现力的语言。

依据该课程标准，在教材更多吸纳文学作品的前提下，界定文学作品阅读教学的文学教学性质并据此尝试新的教学思路，符合课程改革的理念和精神。

从既有的史料看，英语国家的课程体系以设置专门的文学教学课程为方向，英国英语课程标准（English in the National Curriculum）、美国芝加哥奥克兰学区语言艺术课程标准（The Oakland Diocese English Art Curriculum）等国外课程资料显示，文学成为课程内容主体源自教育界对文学概念、性质的体认以及对其意义的充分认知：文学既是人类想象的文字表达，也是一种文化借以传播的基本路径；阅读和研究文学作品可以使学生开阔眼界，使其能够身临其境地阅历更多的地方、人物和事件，增加他们对日常生活的关注、体验和理解。

《英语的要素》是全美英语老师协会曾讨论并通过的一份课程文件，文件将文学教学的目标确定为：

※认识文学作为人类经历的一面镜子的重要性，这面镜子反映了人类的动机、冲突和价值；

※能够把文学当作与他人联系的方法，在人类环境中找出文学虚构的人物，从与文学相连的复杂事物中获得洞察力；

※逐步了解代表种种文学背景和文学传统的重要作家；

※逐步熟悉古今的文学代表作；

※培养口头和书面评论种种文学形式的有效方法；

※把文学当作欣赏语言的韵律和优美的有效的体验方法；

※培养延伸到成年生活的阅读习惯。

从上述文献可以看出，文学教学目标的认定主要建立在对文学教学性质的确认和把握基础之上。我们**要实现文学教学与语言教学的相对区分，也应立足于阅读文本的文学性，如果它是课文，也首先是文学作品，承载文化、思想和个体经验，而不仅仅是由语言和文法构成的学习资源，并以此构建文学教学的教学理念和策略。**

除了明确儿童文学教学的性质，文学作品的阅读教学还应该考虑到儿童文学的阅读心理，包括儿童阅读文学的兴趣和爱好、动机和需要、态度和能力等，作为教学总体设计的基础。研究表明，儿童的阅读兴趣集中在了解故事情节、体验人物感受、展开联想与想象、表达抒发感情等方面。重视学生的这些阅读反应将有助文学课程的推进完成和目标达成。

💡思考与探索

在文学作品的阅读教学中是否应该考虑儿童的阅读心理？为什么？

儿童文学作品阅读教学的理念与策略

将儿童文学教学性质和儿童接受心理纳入考量之后，结合文学教育的目标，我们可以确认以下儿童文学作品阅读教学的基本理念：

※遵循《义务教育语文课程标准》的目标指引，在兼顾语文基础学习的前提下，明确反映出文学作品阅读教学与一般语文课文教学的差异；

※将培养学生阅读文学的态度、兴趣和习惯视为文学作品阅读教学的重要目的之一；

※充分考虑学生的年龄与阅读心理，在教学内容和教学方式的选择和安排上有所体现；

※尝试合并课外阅读，将课文扩充到文学作品原作的整本书阅读；

※开展文学作品欣赏的阅读，引导学生在阅读过程中体验和感受文

学作品；

　　※ 理解并贯彻文学的阅读不单纯以获得资讯、进行道德建设为目的，同样重视作品在陶冶性情、丰富心灵、抒发感情、获得美感、享受情趣等方面的意义；

　　※ 重视文学作品的体裁特征，依据不同体裁的艺术构成确立教学的重点；

　　※ 确认学生是文学欣赏的主体，同时明确学生需要在教师的指导下发展欣赏、理解文学的能力；

　　※ 了解阅读是个性化的体验过程，个人的反应应该得到尊重，推动各种形式的交流和对话；

　　※ 鼓励学生在态度严肃的情况下，以质疑与批评的眼光重新评价文学作品；

　　※ 在教室里开展的文学作品欣赏的阅读，同样可以包含娱乐阅读的因素；

　　※ 文学作品阅读教学的评估应不同于一般语文学习的评估。

　　与基础理念相联系，儿童文学阅读教学的主要策略包括：

　　※ 针对不同作品的特点进行专门的阅读教学设计；

　　※ 关注作者和作品的写作背景；

　　※ 尽量保持阅读过程的新鲜感和完整性；

　　※ 不将所有的阅读课程都处理为文本的分析性阅读；

　　※ 推动学生自主阅读，从中体验成就感并建立阅读自信；

　　※ 鼓励学生表达自己个人的文学阅读经验，独立评价作品；

　　※ 将阅读教学转化为在阅读中不断探索和发现的过程；

　　※ 配合运用包括绘画、音乐、戏剧表演在内的多种手段欣赏文学；

　　※ 鼓励学生主动发问，而不总是由教师提问并引导学生给出规定的答案；

※注意到教材对文学作品的改写，在可能的情况下进行比较阅读；

※注意调动学生的阅读期待，启发学生进行猜测、假定和证实；

※引导学生对文学作品做出即时反应，并随时进行自我修正或展开讨论；

※避免过多琐碎的教学环节中断干扰学生的阅读欣赏过程；

※重视学生阅读记忆的唤起和回顾，推动他们比照正在阅读和曾经阅读的文本；

※评估学生在集体阅读中的个体差异，有针对性地设计不同层级的教学活动并调动其参与；

※用与学生分享的方式表达自己个人对作品的阅读体验；

※在文学阅读的兴趣支持下，强化学生阅读能力和效率的培养；

※根据文学的特点和魅力创设情境，有想象力地运用独特且效果突出的教学手段；

※在实践中总结经验，调整并寻找新策略。

💡**思考与探索**

儿童文学作品教学还有哪些基本策略可以反映文学教学的性质并获得突出效果？

儿童诗歌阅读教学设计

中小学语文教材中选入的诗歌主要有古代诗歌和现代诗歌两大类，基础课程改革后编写的教材中，小学语文课本中增选了一定数量的儿歌和儿童诗。从文学教学的理念出发的儿童诗歌阅读教学，可以进行一些新的思考和设计。

儿童诗歌阅读教学的主体设计

入选教材的儿童诗歌篇幅简短，基本保持着原作的面貌，文学作品性质鲜明。作为抒情文学，儿童诗歌的教学一般不采用文本分析的教学模式。儿童诗歌的教学首先要依据诗歌体裁的艺术特征进行主体设计，从把握诗歌的构成和元素角度切入，将欣赏儿童诗歌的艺术美作为教学重点，以实现儿童诗歌教学性质上的凸显和创新。

建议从以下几个方面考虑儿童诗歌的教学设计：

※诗歌艺术美的构成　诗歌艺术特征在情感、音韵、节奏、意象、情境、联想、想象、语言、情趣等方面都有特点，可以针对具体作品选择一个或多个艺术元素，引导学生感

知、体会和鉴赏。

※诗歌情感和意义的表达　儿童诗歌特别是抒情诗有直抒胸臆的情感抒发，但往往蕴涵在诗句中，通过诗歌篇章结构，由分到合、循环往复地热烈表达，引导学生感受和体验，并用自己的语言进行归纳表述，是诗歌教学的重点。

※鉴赏诗歌的技术与方法　儿童诗歌作品因种类、题材和作家风格的不同而各有优长、各具特色，诗歌教学应针对并结合具体作品，引导学生掌握其在诗艺层面上的同与不同，培养他们对诗歌的鉴赏能力和欣赏趣味。

※培养对诗歌的兴趣和态度　儿童诗歌在丰富儿童心灵和情感、发展儿童审美和语言能力等方面有超越其他体裁文学作品的意义及作用。在诗歌教学中，应有意识地鼓励学生养成诗歌阅读的兴趣和习惯，将诗歌的欣赏延伸到课外，推进到学生的自主阅读中，以巩固课堂教学成果。

儿童诗歌阅读教学的基本活动

诗歌教学的基本教学活动主要包括配乐聆听、朗读吟诵、诗画合一的欣赏、诗歌仿写与创作等，需要依据诗歌教学中作品的题材主题、篇章结构、手法技法以及学生的年段、能力、经验及兴趣进行选择，合理安排于教学过程中，与整个教学有机结合。

※作家与写作背景介绍　作家与写作背景通常是组织合适的导语，占用2～3分钟的教学时间，相关内容还可以渗透到整个教学中，结合在诗歌感情与意义的表达、个性化艺术表现、诗歌语言风格等内容中。了解作家的创作历程，对学生全面把握和深入理解作品有积极的作用。

※朗读与吟诵　朗读和吟诵活动在所有诗歌教学中都应该重点使用，频率和方式可以根据诗歌的体式、篇幅的长短做灵活处理。儿歌简短押韵、节奏鲜明，易记易唱，有游戏性和趣味性，适合学龄前幼童和低年级学生集体诵唱；情感深厚、反复咏叹、节奏相对舒缓、韵脚多变的抒

情长诗，用来个别朗读效果会更为理想。示范朗读即使有音像资料可以使用，教师的吟诵和朗读在教学中依然有必要，是教师和学生共同参与的环节，不一定追求表演的效果，教师不必顾忌自身的语音及朗读能力。选择以朗读吟诵为教学特色的课型，应组合多种朗读并配合聆听，同时兼顾内容欣赏的教学，保证基本目标的完成。学生当堂背诵环节在儿歌短诗教学中应用广泛，如果调整教学重点为诗歌欣赏，背诵至少不应作为教学效果的评估指标。

※ **聆听欣赏**　诗歌聆听欣赏同样是诗歌教学的基本活动，在各个年级的诗歌教学中具有价值，但使用频率宜适当，不应替代学生和教师的诵读，也不要占据过多的教学空间。配乐聆听的素材可以根据教学需要由教师和学生录制。

※ **诗画同步欣赏**　许多诗作富有诗情画意，传统的诗配画教学效能突出，在多媒体资源支持的条件下，诗歌意境的图像化展示已经能够便利地实现，教师可以鼓励学生挑选最为契合的经典画作、摄影照片或动态影像，协助诗歌画境的感悟与解说，也可向学生征求能反映诗歌意境的创意画作。

※ **阅读连接**　各个年级的学生已经有一定的诗歌阅读积累，在教学中应注意唤起过往诗歌教学中的印象和经验，引导他们进行开放式的回忆、联想与连接，连接的指向应多样化，比如中外同题诗歌、同一作家的多篇诗作、古代格律诗与现代白话诗等，还可以在诗文比较中加深对抒情与叙事两类文学的理解和体会。

※ **阅读拓展**　提供相关联的新的阅读资源。当学生的能力及意愿有超越作品的可能时，可以引入新的阅读资源进行补充和拓展，以实现延伸性学习。但应该注意新资源的适量和适度，分清主次。也可将新资源作为课外内容布置，实现连接课内外的功效。

※ **阅读与写作**　即使是低年级的学生，也会在欣赏诗歌的过程中引发创作诗歌的冲动，作为诗歌阅读的自然反应。孩子们即兴的诗歌多少有模仿的成分，但一些有天分的孩子会有超出同龄人水平、令人惊喜的

发挥，这都是积极的反应和有意义的学习成果。诗歌仿写与创作应该召唤学生普遍参与，无论写作质量如何，都应该给予正面的评价。

诗歌教学中活动的选择，教师可以根据教材和学生特点做出选择，并予以创造性地组合及调配，以效果为指导，通过教学实践不断丰富和创建新的活动形式。

💡**思考与探索**

儿童诗歌教学如何区别于普通的语文教学？如何区别于其他文学体式的教学？

诗歌作品阅读教学设计示例

儿童诗歌有丰富的艺术元素，不仅不同作家的儿童诗歌作品有不同的艺术表达，即使同一作家的诗歌作品也会呈现不同的艺术风貌，儿童诗歌的教学需要根据具体作品的特点进行特别的设计。

课例1：《雨后》

《雨后》是著名作家冰心的儿童诗歌作品，曾被选入不同版本的教材。这首诗的主要特点是：

※描绘儿童生活场景，表达儿童的欢乐情绪，反映并体现了作者对儿童的喜爱之情；

※情节入诗，有人物表情、行动、语言、心理的描摹和刻画，儿童主人公情态生动，活灵活现；

※有浓郁的儿童情趣；

※诗歌语言朴实平易、音韵和谐。

《雨后》这首诗的教学重点应放在"诗歌情感与意义的表达"方面，

可以围绕作品塑造人物、描绘场景、演绎情节、体现情趣几方面特点设计，应注意引导学生关注诗歌表达的两个情感层次：儿童热爱大自然与作家热爱儿童。体会作家的感情可以配合作家的生平介绍。

《雨后》适合开展聆听、朗读等活动。阅读连接可以选择冰心的另一首风格近似的诗作《别踩了这朵花》。拓展阅读可考虑选择冰心的《繁星·春水》中的短诗以及《寄小读者》《山中杂记》中的散文片段。读写结合、诗画联动可以尝试让学生根据诗歌内容写一段文字或画一幅画表现妹妹跟着哥哥在雨后奔跑的情景。

课例2：《信》

《信》是诗人金波的作品，被广泛收入各种小学阶段的语文读本。这首诗的主要特点是：

> ※ 从儿童心理出发，以写信展开联想和想象，在童话情境中点染诗情诗意；
> ※ 哲理入诗，首尾点明写信的意义；
> ※ 以排比手法架构诗歌，对称中略有变化。

《信》的教学重点可以放在诗歌富于联想和想象的构思特点上，用"我是谁？""我给谁写信？""我替谁写信？""信中写了什么？"等问题引导学生进入诗歌情境，进而感知写信的意义——沟通情感、表达愿望、增进了解、培育友情等。

《信》的教学活动可以考虑朗读、聆听，角色和故事场景的演绎也可以考虑纳入，以调动学生投入诗歌情境。连接阅读引导学生回忆学过的金波的作品。拓展阅读可以选择引入童话《给自己写信的笨狗熊》(常瑞)、科学童话《梧桐树寄信》(阳光)供学生课后阅读。阅读写作可以用"替(谁)给(谁)写信(什么)"作为线索，激发学生展开想象，由说到写，写几段文字或仿写一两节诗。

课例3：《童年的水墨画》

《童年的水墨画》是诗人张继楼的诗歌，由三首诗组成，收入在统编版小学语文教材中。这几首诗的共同特点是：

※ 以优美典雅的语言描绘场景和情境，富有画面感、色彩感和动感；
※ 有儿童的潜在视角，有人物的动态及情态的生动刻画；
※ 运用比喻、拟人等修辞手法。

《童年的水墨画》的教学重点可以放在三首诗歌分别描画的物象和意象、场景与情景的感知和概括上，引导学生关注作品中的语言词汇所提示的人物与环境的种种细节，体会作品表现的水边山中孩子们垂钓、戏水、采蘑菇的日常生活及欢乐情绪。

《童年的水墨画》的教学活动除了声情并茂、有节奏的诗歌朗读，切题的水墨画欣赏可以成为重点，作品有诗情画意的渲染，与中国水墨画的写意晕染呼应，选取相关题材的绘画作品在课堂上展示，开展对中国画兼工带写技法也包括留白的讨论，都有可能帮助学生更好地理解诗境和诗意。读写环节可以围绕"我在山里/我在河边"，让学生结合自己的生活，写写所见所闻及自己的活动。

❤思考与实践

在上述诗歌作品教学中，如何选择并突出 1~2 个教学重点、组织相应教学活动？

童话阅读教学设计

童话是儿童最喜爱的儿童文学样式，近年新编写的小学语文教材中童话的选入量有明显的增加，但因容量关系多数不以童话原作形式呈现，而经过删节及改写。作为语文教学课文的童话，虽不是原生态的样貌，但教师还是需要将教学设计建立在童话幻想艺术欣赏的基础上，以区分于其他故事文本的阅读教学。

童话阅读教学的主体设计

因篇幅原因的改写，会舍弃一部分原作本有的精彩细节，但童话最根本的幻想特征在课文中还是会有较为充分的体现。童话的阅读教学建立在幻想内容上，可凸显特色，实现与其他叙事类作品的区分。

建议从以下几个方面考虑童话教学的主体设计：

※幻想的手法　童话的幻想性主要通过夸张、拟人、象征、变形、魔法、宝物等幻想手法实现，针对幻想手法、鉴赏童话艺术，可作为童话教学的重点。

※幻想形象　传统童话中的人物形象主

要有拟人、超人、常人三种，有的形象还是几类的叠加，可以引导学生关注，加以理解和把握。

※幻想故事　神奇美妙的幻想故事是童话的精华，引导学生欣赏幻想故事的发展轨迹和变幻层次，有助于领略童话的独特趣味和魅力。

※幻想细节与幻想趣味　童话往往有新奇精妙的幻想情节，蕴涵着浓郁的幻想趣味，捕捉并品味其中的细节，能让学生对童话幻想艺术有更深入地领悟和体认。

这些童话故事的不同层面，都有着丰富的文学艺术内涵，在课堂教学时间空间有限的情况下，应根据具体作品的特点选择1～2项作为教学重点，展开教学设计，不需要面面俱到。

童话阅读教学基本活动

童话教学中的一些基本活动，与叙事文学教学中的活动形式并没有本质的差别，但活动的内容与童话的幻想特质有所不同。童话阅读教学基本活动包括：

※作家与写作背景介绍　富有想象力和浪漫童心是童话作家共有的气质，但他们的创作会因生活经历、个人性格、审美取向和艺术特长而相互差异，了解童话作家以及其作品的创作经过，能让学生获得对作品独特的观察角度。

※原作的阅读　童话作品在成为教材课文的删改过程，会删减一些内容，包括情节和细节，童话故事的充分展开、氛围渲染，使得原本饱满的情趣也都可能因此减损。在教学准备环节或教学结束后安排课文与原作的比较阅读，对学生理解和欣赏作品将有所帮助和促进。

※作品幻想性的分析和讨论　童话类课文的文本分析在兼顾语文字、词、句、篇教学的同时，应着重于童话幻想性在人物、情节、环境等叙事文学要素上的呈现，关注童话如何通过幻想实现对现实的反映和表现，以突出童话教学的特殊性。

※**阅读经验的整合**　童话特别是民间童话和古典童话经常会显现出类型化的特征，在童话教学中应注意引导学生整合过往的阅读经验，进行比较和归纳，提升学生对童话艺术的审美鉴赏能力。

※**多角度改写**　童话的幻想趣味与离奇曲折会吸引学生主动参与情节的预测、证实及补充，通过激发学生的想象力和创作意愿，在各年级都能策动读写结合的练习，应寻找写作角度、变化写作形式、调动写作兴趣。学生获得理想的写作成果，不仅能锻炼和提高写作水平，还能建立写作的自信心。

※**戏剧表演**　角色新奇、带有幻想色彩的童话在课本剧改编上很有优势，各年级学生对依据课本内容进行戏剧创编和角色场景表演都会有兴趣，在戏剧改编、台词撰写的过程中，学生可以完成对童话场景的还原及角色的分析，也会从特定角度加深对课文的理解和把握。

※**幻想情境绘画**　童话作品的奇异幻境和奇妙幻想让人着迷，各年级学生特别是中低年级学生会积极主动地以绘画的方式再现或重构作品，这些绘画将包含他们对作品的感受和想象，投入他们个人化的体验。

童话作品的教学活动相对于其他文学体式通常更为丰富多样、更能获得教学效果，在实际的教学过程中，应注意活动的选择和控制，不要占据太多的教学空间，还应以突出教学重点为前提，切实保证教学内容的完成及教学目标的实现。

💡**探索与思考**

童话的教学设计和教学活动如何体现与叙事文学（小说）教学的区别？

童话作品阅读教学设计示例

中外童话作品很丰富，选入教材的主要是短篇，在教材版次的改变中经常替换，综合过去教材的选篇情况示例，虽不一定精准现有的教材篇目，但依然可以有一些规律性的总结和归纳，作为童话题材课文教学及整本书阅读单元的参照与参考。

课例1：《七色花》

苏联作家卡达耶夫创作的《七色花》是一篇适合中低年级儿童阅读的童话，作品篇幅较长，删改后曾被多种教材收录。这篇作品的主要特点有：

※ 反映儿童生活和心理，有饱满生动的儿童情趣；
※ 运用民间童话魔法、宝物等幻想手法，赋予其全新的教育内涵；
※ 童话结构重复中有多层次的变化，故事曲折，引人入胜；
※ 在童话中引入了孩子喜欢唱颂的歌谣，增加了游戏感和趣味性。

《七色花》的教学可围绕宝物七色花的七个花瓣满足珍妮的七个心愿这一故事线索设计，同时引导学生关注童话主人公珍妮的语言、动作、心理活动(原作中的描写非常生动、细致)。教学中还应指引学生重点理解珍妮用最后一片宝贵的青色花瓣，将有残疾的小伙伴变成健全儿童的行动以及这一行动的意义。

在教学活动方面，针对低年级学生的阅读心理，以"假如我也有一朵七色花"为题，让学生展开各自的想象，创编自己的童话，能够获得积极的响应，相关的想象文写作，学生也会有兴趣及能力完成。安排学生进行"你在童话中看到过哪些宝物？"的讨论，可唤起他们童话阅读的记忆，也能引发他们新的阅读。想象绘画、戏剧表演等都能根据学情引入教学、活跃气氛，帮助学生更好地欣赏作品。

《七色花》原作虽然偏长，但是内容与儿童生活结合紧密，故事紧凑，语言活泼，学生课外延伸阅读不会有阻碍和困难。

连接阅读可以选择宝物型的民间童话，中外作家长篇童话，比如《宝葫芦的秘密》和《雨滴项链》，可布置学生课后进行整本书阅读。学生可以在作品比较和整合中领略传统宝物童话在现代的演进，理解其正义法则及寓教于乐的道德指向。

课例2：《丑小鸭》

《丑小鸭》是丹麦童话作家安徒生的著名童话作品，原作适合中高年级以上读者阅读，经不同程度地改编后曾被分别收入小学和初中教材。《丑小鸭》的主要艺术特点包括：

※以丑小鸭历经坎坷成长为天鹅的幻想故事，揭示逆境中自强不息终有光明前途的人生哲理，寓意深厚，有很强的现实性；

※作品整体融入了作者的生活经历和人生感悟，真切动人；

※作品依托物性交融人性，成功地塑造了丑小鸭的艺术形象，赋予形象坚韧和顽强、温和与谦逊、自尊而敏感等性格特征，令形象丰满立体，栩栩如生，带有深刻的象征意义；

※语言风格独特，素朴中略带感伤，幽默诙谐中蕴含嘲讽，蕴藉微妙，让人回味。

《丑小鸭》的主体教学设计需要充分考虑学生的年龄及学习阶段。针对中高年级以上的学生，教学重点应放在丑小鸭成长经历及形象的寓意上，注意引导学生体察作品对丑小鸭细腻入微的心理活动的描写以及由此显示的性格特征，并感受作品对社会及人性弱点的讽刺和批判。针对中低年龄段的学生则应该依据课文的剪裁，引导学生关注丑小鸭变天鹅的艰难历程，领会作品传达的逆境奋斗、自强不息的精神。

教学活动的安排方面也会因学生对象的不同有所取舍。

高年级学生应该尽可能安排经典阅读，并提供作家生平资料作为补充，针对丑小鸭带有某种矛盾冲突的复杂性格进行深入的分析讨论，让学生就"作者以童话幻想反映自身人生感悟""以拟人形象进行自我艺术写照""文学童话中作家的精神气质烙印"等话题，展开童话艺术的深层次鉴赏。读写结合活动可以采用诸如"丑小鸭的日记""丑小鸭自传"等多角度改写形式，让学生表达对角色的理解，并锻炼语言表达能力。

低年级学生的教学活动则可以组织绘本阅读、角色表演、故事复述，尽可能让学生的实践活动灵活多样。

🧠思考与实践

能否为上述课例提供新的更好的教学设计思路与更多可选择的教学活动？

小说阅读教学设计

短篇儿童小说会在精选及改写后进入小学中高年级教材体系，中长篇小说会在各个学段以节选的方式载入，但新课标指引的整本书阅读会包括中外经典小说的全篇或全本。

小说在教材中一般都经过了改编，相关的教学设计还是应该适当关照小说体式及相关艺术形态。

小说阅读教学的主体设计

目前选入小学教材的小说比较侧重对少年儿童成长环境及现实生活的反映，注重在人物、故事、场景及语言表达上的文学性。对学生来说，课堂中的小说阅读显然不同于课外的小说阅读，特别是消遣式的泛读。让学生知晓作家借由小说表现的思想情感，了解并感受小说在表现社会、人生及人性上的艺术力量，是小说阅读教学的基本目标。

建议从以下几个方面考虑小说阅读教学的主体设计：

※小说艺术的要素　一般而言，入选教材的小说都会在小说艺术要素，比如人物塑

造、情节构思、环境再现方面有突出的表现。阅读教学应结合作品针对这些内容锁定并聚焦，引领学生进入小说的艺术世界，激发他们对作品中的时代风云与人物命运产生强烈的情感共鸣，进而引导学生鉴赏小说的品质与创作成就。

※ **小说对社会现实的反映**　小说会以独特的视角反映某一时期、某一社会历史阶段的现实图景，直接或间接地表明作家的情感态度，可以引导学生通过深入细致的阅读，连接自己生活中的观察，体悟作者通过人与事、情与景映现的社会风貌及其中蕴含的主题与文化意涵。

※ **作家的生命体验、人生感悟及艺术追求**　小说是作家人格心灵、精神气质、审美趣味、艺术追求的综合反映，提示学生关注作者的经历和写作初衷，溯源创作意图，了解创作过程，从作家角度审视作品。

※ **小说的叙述视角**　小说是叙事的艺术，从小说叙述视点、叙事者及叙事视角切入，可以让学生解析小说结构，体察小说世界建构的艺术规律。

※ **小说的语言风格**　小说语言富有个性及表现力，应通过指导学生对小说的叙述语言、人物语言进行揣摩和体味，让学生充分领略小说样式作为语言文学艺术的魅力。

教材中选入的小说或节选的篇章，会有意突出某部分内容或艺术表现，可以抓住这些重点进行相应的教学设计。

小说阅读教学的基本活动

小说的基本教学活动应根据小说艺术构成设计，还要综合考虑学生的年龄学段、学习能力、欣赏趣味、阅读经验，做相应的安排，不完全等同于其他文学样式的阅读教学模式。小说阅读欣赏的基本教学活动主要包括：

※ **作家及写作背景介绍**　小说作家的创作通常有一定的规模，不同作品可能显示共有的风格和特色，个人的风格特色在不同作品中又会有

不同的表现；小说作为反映现实的叙事文学作品，会指向特定的时代背景，但作家创作时又有其相应的背景，留意这种时空的交错，对理解作品具有一定的价值。

※原作整体阅读　如果教材中的小说文本只是节选，课外完成作品的整本书阅读有必要性，提示学生特别注意改编的部分，与原作加以比较可能触及编创者及原作者各不相同的意图，对表达效果的辩证有助于学生理解小说艺术的深奥与广阔。

※课堂讨论与阅读分享　小说的丰富内容经常会为课堂讨论提供可供选择的话题，小说的思想内容、作者的感情态度、作品塑造的人物与性格、情节与结构、小说的表现手法、作品中的精彩细节等，都有可能引发热烈而充分的讨论。小说阅读是个人化的行为，学生反应的深度、广度、敏锐度存在差异，让学生自由地发表见解，互相交流发现和体会，可以切实有效地锻炼学生的理解及表达能力，提升他们对小说的阅读兴趣。

※比较阅读　对小说艺术的认识需要一定的积累，有意开展比较阅读可以整合学生的既有经验。比较的方式可以随意及灵活，在时代、作家、作品、内容、主题、艺术风格等各个层面，取其相同或相异交互展开，在比较中对所学作品进行思想艺术的鉴别和评判。

※读写活动　小说的读写活动可以有传统读后感或人物论，但新颖的题目、独特的角度更有利于激发学生的写作愿望，比如对关键情节进行全新的设定，对人物的行动或关系做新的调整，或对小说结尾进行开放性的重述，这种写作包含了对作品的评价与反应，同时又可以让学生体验操控叙事的快感。

※其他艺术形式的作品欣赏　一些小说经典名作都有影视作品的拍摄和改编，在课堂教学中安排片段的欣赏、布置学生课后观看全片，可以为学生提供多媒介感受作品的机会，与影像比较后反观文本，也会产生新的阅读感受和体会。

◉思考与探索

　　在小说阅读教学中如何激发学生探究小说艺术的兴趣？如何培养学生对小说的欣赏趣味？

小说作品阅读教学设计示例

　　目前，入选教材的小说总体不多，也没有完全留存其原貌。教材迭代中也有篇目的更换，对小说阅读教学设计的例证，更多考虑其题材内容的指向和中外文化的背景，只做简要的设计以反映小说阅读教学的理念和策略。

　　课例1:《最后一课》

　　《最后一课》是法国作家都德的著名短篇小说，也是过去教材收入的传统篇目，作品的主要特点包括：

　　※反映战争时期特定的社会生活，蕴含并表达作者强烈的爱国主义情感；

　　※成功塑造了韩麦尔先生为代表的一系列具有民族尊严和爱国情操、具有感人力量的法国普通平民形象；

　　※从儿童的视角和情感态度出发，以儿童的口吻叙事，小主人公形象呼之欲出，作品富于儿童情趣；

　　※小说情感基调兼有凝重与明快，焕发出理想主义的光彩。

　　《最后一课》的阅读教学可以从主人公小弗郎士所见、所闻、所思、所想切入，指导学生关注以韩麦尔先生为主体的乡村人物群像，留意他们的衣着、表情、语言、行动的特点及其具有的表意。可以重点提示作品对小弗郎士心理活动的刻画及其在表现主题方面的作用，让学生体会作品兼有的心理叙事与儿童叙事趣味。引导学生注意小说题目在凝聚作品、反映主题方面的烛照作用，特别是其短促有力的结尾对小说题目的照应。将《最后一课》视为功力深厚的精品力作，从短篇小说的结构肌理进行教学设计，能将作品的鉴赏推进到小说的艺术的层面。

《最后一课》的教学活动首先应该包括小说背景的介绍，以消除时空差距带给学生的阅读障碍；可以尝试让学生复述小说的中心事件以梳理作品的结构；也可以协同安排学生重点分析讨论韩麦尔先生的形象。描述小弗郎士平时在学校的表现、想象推测他与韩麦尔先生过往的相处，可能是学生更有兴趣的话题。课外连接阅读可以选择《爱的教育》中《少年爱国者》等主题相近的作品。读写活动可以从韩麦尔先生的角度以日记或书信方式进行事件重述，或以"在学校的最后一天"为题组织学生进行角度迁移的创编。

课例2：《我们家的男子汉》

《我们家的男子汉》节选改编自小说家王安忆的同名小说，列入统编版教材小学四年级下册，以成长叙事为主题。作品的主要特点有：

※有着鲜明的年代感，时空环境及人物场景都有特定时代的痕迹；
※人物鲜活，对小主人公有从外表到内心、从语言到行为的生动描述；
※故事有趣，让孩子在情境中显示共有的天真与独有的个性，生活气息浓厚，情趣盎然；
※贴近儿童情态的写实叙事，娓娓道来，幽默风趣。

《我们家的男子汉》可以围绕主人公的形象和性格特点，依据三个章节的内容分叙进行全面而有重点的教学设计。引导学生注意每个章节的标题与文中所叙事件的关联性，同时也留意三个部分内容跟人物塑造及性格展开的内在逻辑。结合小说的标题，提示学生关注作品对小男孩言行中的心理动向，特别是成长的过程表现出的用心的刻画以及这部分内容在作品立意上的价值。

　　教学活动的安排也应围绕作品的特点展开。分别可以从人物和事件两个维度梳理文本内容，比如按时间线标记小男孩从安徽到上海的来去间各事件发生的节点，比如按事件标记小男孩的性格特点和成长变化。围绕环境和场景描写，可以引导学生注意作品中的时代印记，体认作家观察入微的写作风格。提示学生留意作者运用语言进行叙事和人物形塑的文法状态，领略作家轻松幽默且风趣的语言风格。拓展阅读可以链接这部作品的全文，也可延伸至王安忆的少年儿童小说创作，比如《谁是未来的中队长》等作品。

　　更高年级的长篇小说节选课文的教学设计与短篇作品的教学设计基本一致，所不同的是，需要指导学生结合作品的全貌做更具广度和深度的阅读把握，作家和作品写作背景的引入也应更为系统，人物、情节、环境特别是环境描写的分析和评价应更为深入，而课外阅读则应从作品的整本书阅读向作家创作作品的选择阅读迁移，并以读后感、人物小传、多角度复述为基本的读写连接，尝试作品鉴赏及专业评论的写作。

　　❤探索与实践

　　在小学阶段，那些经过改编的"小说"的阅读教学能否体现小说教学的特点？是否可以处理为故事阅读教学？

故事阅读教学设计

故事体裁在小学各年级特别是中低年级语文教材中占有较大比重，包括生活故事、童话故事、传说故事、历史故事、寓言故事、动物故事、科学故事等具体品种。故事带有口传文学的性质，有独立的体裁特征，它的阅读教学也相应区别于其他文学体式。

故事阅读教学的主体设计

虽然小学各年级教材都有故事文本，其内容和结构还是有繁简的差别，不同作家创作的故事也有题材主题及风格的不同，阅读教学需要针对具体作品，结合各年级语文阅读教学的目标进行。故事阅读教学的主体设计可以考虑从以下几个方面展开：

※事件过程的叙述　故事从根本上说是一件有趣的事，清晰而生动地叙述事件是故事文本的内容指向。故事阅读教学主要依据故事发生、发展、高潮、结局的经过设计，着重引导学生关注事件的时间线索及完整性。

※事件的故事性　通常由悬念、巧合、波折构成故事的趣味，可以让学生注意关键的情节和细节，展开想象，对事件发展及结局的

可能性做预测，理解故事包含的寓意和思想。

※**故事运用的艺术手法**　故事运用的基本艺术手法有反复、对比、照应、象征等，对人物的行动和语言进行具体形象的刻画，也有正面描写和侧面描写之分，在教学中应该引导学生体会。

※**故事的细节**　一则故事中往往会有几个特别的细节，让故事的人物鲜活、令故事生动，可以通过对这些细节的指向和表现力进行分析，培养学生对故事的艺术鉴赏力。

故事的篇幅一般不长，在完成字、词、句的基础教学后，可以结合故事的特色，重点选择 1～2 个环节进行教学，以教学目标的实现和完成为总体目标，但故事趣味的感受也是课堂教学效果的组成部分。

故事阅读的基本教学活动

从学前班到小学，都有故事的阅读教学，需要根据学生对象的年龄、教学任务、故事文本的条件，选择和组织教学。基本的活动主要包括：

※**故事绘读**　年龄越小的儿童越对故事绘读有兴趣，在幼小衔接阶段和小学低年级的教学中，采用学生绘读故事的形式，可以吸引学生尽快投入故事情境，感受故事内容。应注意绘读所占据的教学时空，可以安排在教学目标完成之后，作为课后的补充延伸。

※**故事复述**　故事复述在故事教学中会有普遍的应用，它能帮助学生梳理故事线索和经过，围绕故事的复述还可以有细节的想象和补充，能够锻炼学生的口头表达能力、记忆能力和思维能力。故事复述可由多人以接力形式进行，可用关键词引导学生关注故事的逻辑层次。

※**故事情境表演**　故事情境表演在小学中低年级经常使用，它适合于有人物角色、语言和行动比较鲜明的故事，为表演准备的道具应尽可能简单，重点不在表演本身，而在于其对故事内容的体验和演绎。应鼓励学生根据教材文本做适度的发挥。

※**故事的延伸阅读**　儿童对故事有着浓厚的兴趣与过往阅读经验，

大量的作品则让学生的课外延伸阅读有着丰富的资源，可以在整个学期及学段的故事阅读教学中以各种方式进行连接与延伸，促成课内外故事阅读的联动效应。

※生活中的故事　高年级的阅读教学可以提示学生注意故事对现实的反映和表现，应启发他们关注生活中与故事内容贴近或相似的事件，在自己的周围发现故事的素材，加深对作品的理解，在可能的情况下，讲述身边发生的故事或据此进行故事的写作练习。

※故事的口头创作、续写与改写　中低年级的故事教学就可以引入故事的口头创作、续写和改写，可以先以故事文本的改造为基础，从口头到书面逐步推进。应鼓励对故事做个人化的猜测和重构，充分调动学生的想象力和创造力，使故事教学的读写活动尽可能采用灵活多变的方式进行。尽可能提供通过壁报、手抄报、校刊、公众号等载体进行线上线下展示，给予交流和发表的机会。

⚫思考与实践

故事阅读教学与小说阅读教学有什么异同？是否应该有所区别？

故事作品阅读教学设计示例

童话的阅读教学已经有专门的设计，故事的阅读教学主要针对其他故事类型。寓言故事、传说故事和生活故事，既有故事的一般特征，也有各自的艺术特点，阅读教学时，除了参照故事体文学做基本设计，还要进行针对其品种特点的设计。

课例1：《刻舟求剑》

《刻舟求剑》是出自《吕氏春秋·察今》的寓言故事，改写后进入统编版小学语文教材二年级上册。作品的主要特点有：

※ 以浅显易懂的故事讲述深刻的生活哲理；

※ 借助语言、动作、神态描写，生动刻画人物形象；

※ 运用对比等手法，强化了故事的讽喻色彩；

※ 篇幅短小，语言精练。

作为寓言故事，对所揭示的寓意的理解是《刻舟求剑》的教学重点。题目已经凝练概括了整个故事的主要情节，教师可以引导学生从文本中提取关键信息将其扩充为完整句子，从而明确人物及事件的起因、经过。组织学生围绕"那个人是否能够求到剑"这个核心问题展开讨论，从故事结局推导归纳其中蕴含的道理。

《刻舟求剑》的教学活动可以借助图像动画等媒介直观展示舟行剑止的情形，启发学生从不同角度解读文本，用简洁明了的语言阐明故事的寓意与启示。提供其他中国古代寓言故事，如《守株待兔》《拔苗助长》《画蛇添足》等作为比较阅读与连接阅读的资源，进一步感受寓言的特点及其凝结的古人智慧。

课例 2：《盘古开天辟地》

《盘古开天辟地》是在民间广为流传的中国古代神话，经袁珂整理改写后，选入统编版语文教材四年级下册。故事的主要特征有：

※ 故事情节脉络清晰，完整解释了整个世界包括天地、风云雷电、日月星辰、四极五岳、江河山川、花草树木等的来历；

※ 意境开阔，叙事宏大；

※ 想象神奇瑰丽，细节丰富；

※ 语言朴素洗练，叙述简明、生动。

神话故事应该关注其故事情节的幻想性和传奇性，《盘古开天辟地》的阅读教学可以指导学生梳理盘古创世的过程，把握文章的主要内容，结合盘古顶天踏地的艰辛与身体幻化为万物的描写，理解古人对神的献身精神的崇尚与礼赞。创世神话蕴藏着祖先对自然和世界的原始认识与构建经验，引导学生结合具体文本，感受其中神奇的想象。

《盘古开天辟地》的教学活动可以有丰富的内容和形式。可以提供与神话风格相符的经典插图，或让学生根据文字画出相应图画，体会神话中宇宙洪荒的魅力。可以搜集不同版本的《盘古开天辟地》的故事进行比较阅读，比较盘古身体变换的异同，理解想象的合理性。可以拓展阅读袁珂的《中国古代神话》，了解我国神话中的代表性人物及其相关故事，尝试梳理"中国神话人物谱系"。

课例3：《跳水》

《跳水》是俄罗斯著名作家列夫·托尔斯泰的作品，加以删改后被选入多种教材。故事的主要特点有：

※ 由悬念和出人意料行动构成的戏剧性故事效果；
※ 简明而生动的人物、质朴动人的情感；
※ 丰富的故事细节；
※ 准确而清晰的语言表达。

《跳水》的题目平淡无奇，故事却惊心动魄，对学生具有特殊的吸引力。阅读教学应针对作品的特点紧扣故事高潮部分进行，引导学生充分体验当时情境的危急，领会孩子父亲反常行为中的胆识和机敏；应该留意作品结尾孩子得救后父亲却哭了的细节，透过人物的行为引入人物的感情和心理活动分析，进而评价人物，评价故事对人物的塑造。

《跳水》的基本活动可以包括事件完整而简明的复述，可以引入"如果你是孩子的父亲"的讨论，展开关于故事的预测、证实、重新修改，以加深学生对作品的理解和把握；可以结合列夫·托尔斯泰的其他儿童故事，比如《小女孩和蘑菇》《消防犬》等作品进行连接阅读和比较阅读，对作家儿童故事的基本特点有所把握。高年级的故事阅读教学，可以安排课后的读写结合活动，展开对当时情境的想象，体会人物瞬间的心理活动，从父亲或儿子的角度重述事件的经过。

💡**思考与实践**

寓言故事和传说故事的阅读教学有何特殊性？尝试分别做一个课例。

散文阅读教学设计

散文是中小学语文教材的基本体式，由于散文在学生阅读和写作方面有重要的示范作用，其数量占比大，来源也较为广泛。有一些散文名家的名篇，包括不少知名作家专门为教材写作的示范短文，或是经作家本人删节、润色的散文篇章，此外，还有一些由编写者根据主题或教学专题需要编撰的散文体课文，也都在教材体系中有自成一脉的传承，散文的教学因此具有举足轻重的位置。文学性质的散文相对而言不容易界分，主要的路径是在既有的教学规程与模式上针对其文学特质进行相应的创设。

散文阅读教学的主体设计

依据作品的题材、主题、结构、语言、风格等设计教学的主体框架是传统散文教学的基本思路，凸显散文体裁特质、偏重于文学艺术鉴赏性质的教学可以不再沿用基本模块叠加，面面俱到的结构，趋向于重点选择 1 ~ 2 个层面进行各具特色的教学图式。

散文阅读课主要的教学内容包括：

※作家的思想感情　散文在作家思想感情的表达上可以采取直接或间接的不同方式，通常需要从整体上加以感受和体味。作者的思想感情和作品主题有着内在的联系，是散文教学的重点和难点。一些思想意蕴深刻、情感深沉的散文，最好提示学生结合作家人生经历、创作风格及写作背景加以理解。

※篇章结构　散文的篇章结构是作家艺术构思的集中体现。供低年级学生学习的散文，特别是编写者创作(也包括改编)的文本一般具有清晰、均齐、完整的结构，而高年级的散文作品特别是作家原创的那些，经常有结构上的创意和变化，需要引导学生揣摩和体会。抓住散文的线索梳理散文的层次，并从中领略作者繁简详略间收放自如的布局，可以提升学生对散文艺术的审美鉴赏能力。

※艺术表现　散文的表现方法多种多样，除了传统的托物咏志、借景抒情、伏笔照应、意境烘托、欲扬先抑、以小见大，儿童散文会加入幻想和想象，运用拟人、比喻、象征、排比、对比等修辞手法。应引导学生关注这些艺术元素在整篇散文中发挥的作用。

※语言表达　儿童散文的语言有助于学生语言习得的示范性，规范、明确、精练、生动、形象、优美等是其基本特点，讲求色彩与画面感，具有节奏感、音乐性、情致及韵味，通过字词句的提炼与句段篇章的动态组接，儿童散文可以呈现丰富多样的语言美感，兼具视觉听觉的感官之美，兼有情境意境的回味之美。散文教学应结合具体作品的风格，引导学生领略和欣赏。

※创作风格　作家创作的散文一般都具有鲜明的个人风格，在学生积累一定阅读经验后，可以从作家作品的连接和比较阅读，构建以风格鉴赏为主体的教学方案。作家散文风格是整体而非局部的性状，包括素材的取舍、主题的提炼、结构的安排、手法的应用以及语体的选择，是作家思想品格、创作理念、审美趣味、艺术功力的集中反映和体现，针对作家风格的课程设计，内容会很厚实，能使阅读教学达到一定的深度。

※儿童散文的情趣　许多儿童散文有浓郁生活气息和饱满的儿童情

趣，可以引导学生结合自己的生活体验全身心投入散文的情境，领会作品在表现童心与童趣方面的艺术作为，引发情感的共鸣，在活跃的课堂气氛中，让学生全方位感受散文的艺术魅力，建立和培养对散文的阅读兴趣。

散文教学的基本活动

散文教学有一些基本活动在课堂教学中行之有效，但如果一直固守、一以贯之地沿用，可能不能带给学生新鲜感并有效激活教学反应。借助生本课堂的教改思路，改变由教师讲读主导的文本分析模式，让教学活动的主体实现向学生的转换。可以结合具体篇章的特点，以学生感兴趣、有特色的一项基本活动为切入点，策动集体自主的学习过程，一课一得，融会贯通，分解整合，进而落实课标规定的各项目标。

散文教学会纳入基本活动形式作为构成加以组合，主要考虑学生的年级学段、学习能力和既有经验。教学中教师应用比较广泛的活动有：

※**朗读与背诵**　许多儿童抒情散文特别是散文诗兼具诗歌的艺术特征，反复诵读是达成散文鉴赏的有效途径。在朗读中，学生可以感悟作家表达的情感、领略作品中隐含的意蕴，更能体会散文结构及语言中的节奏美和韵律美。全篇或章节背诵则有可能达成语言的建构与运用的基本功。

※**配乐、配画散文欣赏**　将音乐、美术资源运用于散文教学能起到丰富教学形式、提升学习兴趣、活跃课堂气氛的作用，也能够更好地突出散文在诗情画意感染渲染方面的优长，调动学生通过视听感官的参与，展开自由的联想和想象，体味散文细微处的精妙。古典音乐和绘画艺术层次丰厚、风韵典雅，相关链接可由教师推荐，学生有条件提供及挑选效果会更为理想。

※**重点字、词、句、段赏析**　散文教学中指向基本教学任务的主要有字、词、句、段的赏析和篇章结构的分析，这部分内容需占据相应的

教学空间，处理的方式可以灵活多样，将之合并到散文艺术鉴赏的范畴之内，比如试验词汇替换、语序调整、段落增删等，让学生理解散文重点字、词、句、段在散文整体构思和表现效果方面的特殊作用。

※ **比较阅读和连接阅读**　散文的同题创作比较丰沛，不同作家的作品又往往有各自的立意与巧思，在比较阅读中能领略散文艺术异曲同工之妙；横向纵向的作家作品的连接阅读，都能很好地帮助学生理解作家风格变化和创作发挥的空间。

※ **开放的写作**　读写练习可以根据文本选择仿写或创意写作。仿写能依托作品的范文品质，达到即时的训练效果；创意写作能更有效地激发学生的写作动能，如果文本可模仿性或仿写的余地狭窄，可以选择发散性甚至反向的主题进行写作练习。

散文的教学活动形式多样，锐意创新时要注意教学目标的落实，让整个散文教学的设计形成联通，环环相扣，循序渐进，同时认真评估教学活动的实际功效，避免流于形式，让过于繁多的活动或频繁的转换占据教学时空。

💭思考与实践

能否提供更新的散文教学设计思路？还有哪些有效的教学活动？

散文作品阅读教学设计示例

现在教材中的散文主要有几个类别，教材自编散文、名家名篇、新入选的散文作品，为体现散文教学的文学教学性质，现选择作家创作的、改编程度较小的几篇散文，做出模拟的教学设计供参考。

课例1：《落花生》

《落花生》是中国现代作家许地山的散文名篇，略加改动后成为传统的语文教材中的课文，作品的主要特点有：

※兼具记事散文和咏物散文的特点；

※托物咏志，揭示人生哲理，文章简短却意蕴深厚；

※文风素朴、语言平实，颇有理趣。

《落花生》的教学设计需要重点关注作品对两种散文类别的兼容，从整理事件线索展开，引领学生进入作者描述的生活场景和情境，体会作品在完整叙述事件基础上展开托物言志的双重散文结构，领略作品朴而拙、深而厚的风韵。

活动方面，为配合作品内容风格的平实，除传统的诵读讨论，还应辅助形式活泼的教学活动，以调整教学的节奏，活跃课堂气氛，比如讲述花生生长过程的图片以给予学生直观的印象；讨论其他一些果品的性状则可以拓展学生的思维，加深对散文寓意的理解；还可以安排学生讲述自己家庭生活中的相关活动场面，并向写作延伸，对于小学中年级学生来说，仿写咏物散文可能有一定的难度，而家庭生活场景，由说到写，是切实可行的写作方案。

比较阅读可选择叶圣陶的《三棵银杏树》，让学生领略两个散文大家的作品在主题、题材、艺术表达方面的异同。

课例2：《母鸡》

《母鸡》是老舍的散文名篇，被选入多种教材。作品的特点包括：

※对动物细致入微的观察和表现；

※先抑后扬、托物言情；

※构思精巧，卒章显志；

※语言平易，意味深长。

《母鸡》的教学可以依托作品特点的不同层面做相应的设计，或从观察和描写切入，或以感情贯穿，或从结构剖析展开，或以字、词、句、段的铺陈为重点。要引导学生深入体会和把握作品的深层次题旨——对母性的歌颂，并引导学生领略作品通过表层的动物情状的描摹进行隐含表现的艺术构思；结合老舍的其他作品，还可以引领学生鉴赏作家特有的琐细平易中见深情深意的散文创作风格。

活动方面可以安排母鸡音像材料的观摩，城市的学生对母鸡可能没有直观的印象，难以进入文字描写的情境；也可以用讨论的方式让学生陈述自己的观察和见闻；作品在字里行间隐含感情表达，需要进行文本分析和关键句段的朗读；拓展阅读可以和作者的另一篇散文《猫》拼接，或比较屠格涅夫的《麻雀》等表现动物母性的作品。读写练习可以将题目扩展到小动物，学生自由发挥的空间会比较大。

课例3：《大青树下的小学》

《大青树下的小学》是当代儿童散文作家吴然的散文作品，稍做修改后入选多种教材。这篇散文的特点主要有：

※ 反映少数民族儿童的生活现实，民族、地域色彩鲜明；
※ 有浓郁的生活气息和儿童情趣；
※ 散文诗的体式和结构；
※ 文辞清新优美，富有诗情画意。

《大青树下的小学》的教学在设计上可以基本采用典型的散文教学模式，以句段的文本分析展开，可以重点引导学生欣赏动物与小学生一同活动的富有儿童情趣的场景和片段，鉴赏散文在排比手法的运用、少数民族特色景物的描绘、诗情画意的渲染等艺术表现方面的特点，指引学生进入作品情境，领会作家的思想感情。

教学活动应该以诵读课文贯穿，适当利用音乐和绘画手段加强作品的理解，包括片段的民乐或民歌欣赏，甚至可以安排学生课外进行演绎课文内容的想象绘画。吴然的关于少数民族儿童生活题材的散文作品丰富，可以安排《歌溪》等代表作进行补充阅读。模仿的读写活动因为作品题材的特殊性难以开展，可以安排其他形式的写作练习，比如"给民族小学的同学写一封信"，可以与散文作品的阅读欣赏相呼应。

散文题材广泛，形式灵活，艺术手法和风格多样，教学设计也应该相应具有多种组合和变换，教师可以根据自己的经验做出独创性的设计，并在教学实践中不断调整和完善。

《天使的花房》
吴然 著
长江少年儿童出版社

💡**思考与实践**

散文诗的阅读教学在设计和教学活动的安排上如何体现特点？

图画书阅读教学设计

随着语文课标将富有童趣的图画书列入第一学段的学习内容，统编版教材也在"快乐读书吧"的栏目中做出相应的指引。图画书阅读教学及指导的性质也相应明确，虽然图画书作品没有直接成为课堂教学的文本，很多教师还是会在自读的校本课程内安排相关内容。作为儿童读物的图画书在性状上与文字呈现的文学样式差别更为显著，阅读教学的理念与策略自然也会需要新的理论思考与实践探索。

图画书阅读教学的主体设计

学校的图画书阅读活动可能更多地定位于幼小衔接和小学的低学段，也更多地连通着课内外，图画书阅读教学的主体设计要考虑到这些实际情况，有自由开放的设计方向，与图画书的多样性、丰富性及个性也更为契合。

建议从以下几个

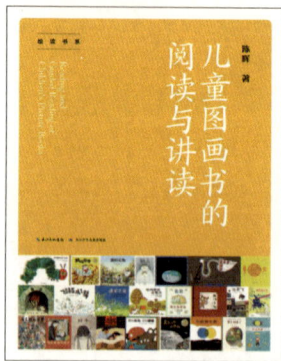

《儿童图画书的阅读与讲读》
陈晖 著
长江少年儿童出版社

方面考虑图画书教学的主体设计：

※**图画书的故事**　大部分的图画书有故事或故事的元素，情节结构与推进节奏会借助翻页实现，但也有跳跃和隐藏的部分，围绕故事线索设计的教学能够支持整部作品的阅读完成与总体感知。

※**图画书的图画叙事**　图画作为符号系统承担着图画书核心内容讲述，借助图画视觉传导的程式和符码辨识，阅读图画并理解其传递的信息以及在塑造人物、讲述故事、生成趣味方面的意义，会实现图画书的充分阅读。

※**图画书的文字及图文关系**　图画书的文字形态包括显示状况，都区别于文字作品，引导学生注意到作品的文字状态特别是图文协同叙事的结合方式，可以让学生更好地把握图画书的体裁独特性。

※**图画书的主题**　图画书作品的主题及表达各不相同，学龄阶段儿童适读的图画书大多有思想文化及教育的主题意涵，推动学生从图文故事切入感悟作品的主题方向，对其可能的复杂多义展开讨论，能够借助图画书阅读提升学生的思维品质。

※**图画书的文化表意与个人风格**　世界各国包括本土原创的图画书都有文化传统的承载与宣导，以作品文化底蕴为教学基本面，探究作家画家风格与源流，有可能给予儿童更多的精神滋养，并与他们的日常生活相呼应，在阅读过程中有更为丰厚的习得。

※**图画书的创意与装帧艺术**　图画书在装帧艺术上体现和实现的创意，往往带给读者新奇的阅读体验，选择这方面有突出表现的经典图画书文本，留出一定的教学空间给学生自主发现与互动参与，或者以其为教学重点，都可能有不一样的教学效果。

图画书阅读教学中的基本活动

※**图文同步阅读**　以纸质书为主体，佐以电子书，在教师的引导下完成整部图画书的现场阅读是最基本，也是最重要的活动。应尽可能将

图画书形式特有的封面、环衬、扉页、内文、封底等所有空间的内容表意包括在内，根据学生的经验有侧重地加以提示，学生可以借此生成初步的总体印象。

※ **故事整合与讲读**　通过有节奏的翻页及有针对性地提点，策动学生运用想象力和理解力，连接补缀，进而完成图文故事的整合，是教学过程中的主要活动。让学生成为活动的主体，适度干预，在有限的时间范围内达成目标，是教师要重点考虑的。

※ **图画整体与局部欣赏**　图画书作品的内文会有页面的布局，由跨页及各种空间切割下大小图组合，通过翻页的把控引领学生鉴赏图画的生动与美、魅力与趣味，兼顾整体与局部，鼓励学生发现与表达是教学的组成部分，也是教学效果的体现和反映。教师或不必将位置角度、视角视点等传导理论引入，避免教学中心向过于专业的内容偏移。

※ **主题讨论与辩证**　图画书主题有鲜明直接和隐晦多义的复杂样态，可以根据学生的兴趣及能力，结合作品的主题指向，进行一定范围深度及时长的讨论。自主或自由拓展的主题阐释可以延伸到课外，以读写结合等方式继续推进。

※ **戏剧表演**　在小学阶段的课本剧创编与表演中纳入合适的图画书文本，实操性较强。选对作品则有利于学生发挥积极性和主动性，道具及材料的准备可以从简，重点放在对图画书角色形象、场景情境的复现上，当然也需要预留并给予学生们阐发及展示个性的机会。

※ **绘画与自由创作**　图画书以画取胜，通常能有效激活儿童以绘画回应作品阅读的行动，即兴的现场绘画或者作为课外学习任务的衍生创作，都是最有意义的阅读反馈，教师予以足够的重视并提供展示的场域，会让阅读与创作相辅相成，同时让图画书发挥跨学科及艺术教育的综合作用。

图画书作品阅读教学设计示例

我们选择题材内容、主题思想、艺术表现、文化意涵等方面文质兼美且各具风采的几部原创图画书做教学设计示例，这些课例经过了各学段课堂教学的实操与验证，相关方案可作为学校图画书教学现场的记录，起到样本与参照的作用。

案例1：《虎子的军团》

《虎子的军团》是一部适合小学低年级学生阅读的战争题材图画书。作品特点包括：

※借助战争中的父子情感表达家国情怀，弘扬爱国主义精神；

※语言精练而节制，仅概述必要情节，为图画表现预留充足空间；

※画风写实，人物及景物真切，画面配合着作品的主题与文字讲述，以图画细节营造氛围，完成叙事。

虎子爸爸具有父亲和军人的双重身份，有为国家的舍生取义，也有家人的不舍牵挂，两者间的矛盾和冲突、取舍与兼顾是作品故事展开的核心，也是阅读教学设计的重点。指导学生关注图画中人物的动作与神态，从家庭亲情及父子情感的角度切入，回望那段可歌可泣的历史，感受那些大义凛然的英雄作为普通人真实而深切的爱子爱家之情，从内心生出景仰及敬佩之心，珍惜当下来之不易的幸福生活。

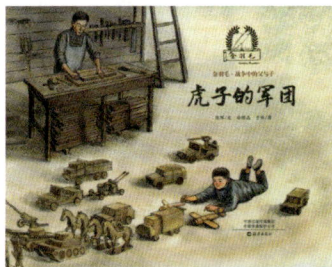

《虎子的军团》
陈晖 文
海燕出版社

作品利用翻页的延宕，设置悬念并形成故事节奏，可以引导学生认真阅读图画，结合图文信息与个人经验推测情节发展。"卫兵"在作品中是具有线索性的物件，既是玩具也具有战士的象征意义，观察书中反复出现的"卫兵"形象，围绕"虎子与卫兵"讲述完整故事。抓住图画细节，比如萧条的街道，墙上的旗子、标语，光秃秃的树枝、纷飞的炮火等，体会战争的残酷及给民众带来的深重苦难。

图画书收束于一幅无字的图画，策动学生就画面中的老人和小孩分别是谁进行猜想，从而推动作品主题的深度讨论，包括战争历史与和平年代，过去现在未来的回望与守望，家国情感的代代传承等。

"战争中的父与子"系列中的其他图画书《百年家书》《远方的归来》等可以作为链接书目，引导学生进行拓展阅读。

案例2:《迷路的小孩》

《迷路的小孩》是一部图文合奏艺术达到较高水准的诗歌图画书，作品主要特点包括:

※ 图文珠联璧合，精准捕捉与描画儿童的精神世界;
※ 造型夸张，色调明快，极富视觉冲击力;
※ 语言自由轻快，诗意盎然;
※ 小折页的设计富有创意，拓展了作品的叙事空间。

《迷路的小孩》讲述了一个关于"离家—冒险—回家"的友爱故事，借助小女孩的迷路游戏，表现了儿童精神漫游的热烈与浪漫，也展现了社会家庭对儿童的关怀与呵护。阅读教学时，可以采用朗读、默读、轮读、齐读、跳读等多种方式，引导学生品味语言的诗性美，沉浸于作品营造的意境与氛围。提示关注小女孩的动作、语言、神态和心理活动，感受作品浓厚的儿童情趣与真挚的儿童情感。

《迷路的小孩》
金波 文
天天出版社

《迷路的小孩》将故事从封面讲到了封底，整合图文，厘清事件的起因、经过和结果，清晰完整讲述整个故事，是阅读教学的基本活动。可以围绕"我永远也不会迷路""我是一个幸运的小孩"等关键诗句展开讨论，体会小女孩的情感波折。

女孩离家后想象中的冒险之旅全部由小折页的图画呈现，可以引导学生逐幅观察，描述画面内容，发掘这些角色元素与现实世界的关联，包括色彩的使用与次序变化等。汉字的拆解、排列与变形亦是作品的显著特色，体会这些设计在故事讲述、情感传递方面的重要作用。还可以将图画书与原诗进行比较阅读，感受两种体裁表达上的异同。

画家郁蓉的另一部图画书《我是花木兰》，取材于我国北朝民歌《木兰诗》，可以对两部作品进行比较阅读，进一步感受剪纸技法的运用，对比两部作品在诗歌演绎上的不同。

案例3：《一条大河》

《一条大河》是一本以黄河为主题的非虚构原创图画书，作品的主要特点包括：

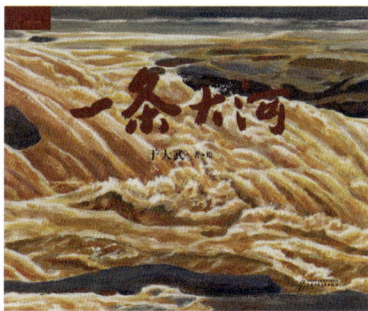

《一条大河》
于大武 著
中国少年儿童出版社

※呈现黄河流域自然、人文、历史、科技等风貌，展现祖国山河的壮丽之美；

※以充满好奇的儿童视角和自述体语言，生动描绘黄河奔腾不息的生命历程；

※选用大开本、大跨页，画面开阔，宛如徐徐展开的黄河长卷。

以学生为主体，逐页阅读欣赏图文，感受黄河流经地域的自然变化与历史变迁，体会黄河深厚的文化内涵，是《一条大河》的阅读教学重点。从整体到局部，读懂每个跨页展示的图画意涵；前后连缀，构建黄河的壮观全貌；联系生活与经验，理解中华文明与民族精神的渊源博大，从而激发学生对祖国大好河山与历史文化的热爱。

《一条大河》的阅读活动可以以图文共赏为主，学生自主选择印象最深或最喜欢的画面进行细读，结合作品提供的"我的阅读笔记"和老师筛选过的相关资料，以小组为单位，补充丰富画图内容。从头至尾完整欣赏图文，体会黄河风情与黄河精神，引导学生理解黄河"与中华民族的精神与血脉交融起来"的意义与内涵。还可以以"我爱黄河"为主题，联合地理、历史、科学等学科，进行跨学科融合活动，比如绘制黄河地图、讲述黄河故事、了解黄河水利工程等。

第四部分

儿童文学阅读活动的指导

基本理念与指导原则

在倡导全民阅读及儿童素质教育的背景下，学校和班级普遍开展阅读及文学阅读活动。以教师主导的学生阅读活动，同时连接家庭与社会，在儿童阅读行为推导中又具有引领而核心的地位。儿童文学作为儿童本位的文学，针对儿童身心发展各个阶段的需求，在情感态度价值观培养，认知、审美、语言等能力提升方面具有重要的意义和特别的优势。学校重视并全方位推进儿童的文学阅读，首先要明确自身在引领组织方面的核心与主体地位，确认儿童文学阅读的指导工作，不仅要体现在课堂教学中，还要落实到校内外与课内外儿童阅读的各个层级和层面，加以总体的规划和系统的布局，从理念到原则、从方案到方法、从理论到实践，发挥作用，取得效果。

学校儿童文学阅读活动的基本理念和指导原则主要有：

※重视并发挥教师在儿童文学阅读中的关键作用

儿童的文学阅读主要发生于家庭和学校，受家长、教师、同伴三个方面的影响比较多，其中教师的作用非常重要。教师的指导体现在几个方面，一是读物的选择与推荐，二是方法策略的提示与点拨，三是阅读活动的安排与组织。考虑到家长可能不具备相关认知、能力及精力，而教师对学生又具有普遍的感召力和影响力，教师对儿童文学阅读的建议、布置和要求，能够得到家长的配合与响应，也能够最广泛地到达学生。教师的种种督促与推进，还会形成集体的力量，合并同伴间相互促进的效应。

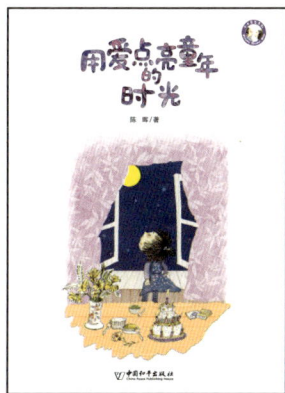

《用爱点亮童年的时光》

陈晖 著

中国和平出版社

※形成课内外文学阅读的同步与互动

从学生阅读的实际出发，教师能够认识其必要性并切实推动课内外阅读一体协同。整合课内外文学阅读，首先要明确学生文学阅读的宗旨与目的，进行系统的考量和整体的设计，规划各学段、各学期阅读活动的具体目标、重点范围及合适体量；要明确课内外的分工，合理配比学习性阅读、欣赏性阅读和娱乐性阅读；要协调及统筹安排家校各自执行的阅读计划及相关活动内容；还要灵活选择并调配各个活动组织方，联动开展发散、延伸、开放、互动的阅读行动，通过凝聚与扩增，巩固并突显效果。

※科学而有针对性地制订并实施阅读计划

制订文学阅读计划需要事先对学生进行必要的背景调查与情况评估，调查项目应主要指向学生的家庭与个人基本状况。学生的年龄、性别、家庭成员、经济情况、文化背景、居住环境、学习经历以及性格特长、兴趣爱好等，与其阅读取向都存在关联。阅读状况的评估则可以专注于学生本人在文学阅读方面的兴趣习惯、能力趣味、既往经验、资源途径等方面的信息。在记录和汇总的基础上，班级的阅读指引也有可能针对并适切于每个人员与个体。

文学阅读计划的制订要达到详尽具体、可操作、有实效的水准，教师还需要全面掌握并能够提供相关的阅读资源资讯。即便如此，充分听取学生的意见，反映学生的意愿与诉求，也是重要的原则。同时注意协调文学与非虚构、儿童文学与成人文学、纯文学与通俗文学、经典与当下流行文本以及各国别、各体裁、各种风格的作品比例，以优质、丰富、多元、均衡为标准。

制订阅读计划同时需要制订实施的细则，包括进度安排的弹性机制、鼓励办法及评估体系。

※ 支持与协助学生的文学自主阅读

教师应调动支持学生的自主文学阅读，在尊重和理解阅读私人化、个性化的前提下，侧重通过策略和方法的指导进行积极地干预，主要立足于增强学生的阅读自信，帮助学生建立与巩固阅读习惯，培养高雅的阅读趣味，循序渐进地扩大阅读面，提升能力和水平。

※ 在实践中汲取经验，不断创新阅读活动的形式与方法

文学阅读活动没有固定的模式，教师可以针对学生的需求、结合学生的反应，尝试使用各种可能的形式和方式，并随时进行调整和优化。只要能够实现培根聚魂、启智增慧的总体目标，激发学生的广泛参与，唤起学生的有效回应，任何以文学阅读为原点和基点，向人文科学及文化的广阔领域辐射和掘进的阅读活动，都可以作为尝试的有意义的方向，借由每位实践者的积极创建与经验分享，学校和教师指导学生阅读的理论将不断夯实，从中迸发出令人瞩目的行动力与令人鼓舞的影响力。

学前儿童文学阅读活动方案

学前阶段文学活动目标

学前阶段的幼儿主要通过语言综合活动课和自由阅读活动，接触和初步感受幼儿文学，这一时期的文学阅读主要接受幼儿园教师和家长的共同指导。

文学阅读的总体目标是：

※初步接触儿歌、故事、童话、图画书等儿童文学样式；

※培养对文学的兴趣和爱好；

※初步建立幼儿的阅读习惯；

※推行多元智能化的阅读计划。

学前阶段幼儿的文学阅读活动

学前阶段幼儿的文学阅读活动具有教育性强、综合性突出的基本特点，多采用游戏的方式，突出活动的娱乐性、趣味性，以吸引幼儿参与，发挥活动的多元效能。幼儿欣赏文学主要采用的"听赏"方式，同时也是幼儿文学活动的主体形式。学前教育阶段的文学活动具体包括：

※儿歌唱读　儿歌唱读最好是师生共同

进行，并配合动作和表情。

※阅读图画书　幼儿在阅读图画书方面有超出预料的能力和潜质，他们对图画有天然的感悟力，并特别关注图画的细节。教师在讲读之前要有充分的阅读，和幼儿一起共同讲读图画书效果更理想。

※绘读　幼儿喜欢画画，在聆听故事之后，用绘画回忆和回味故事情境，是他们喜爱的阅读方式，从中可以看到他们对故事的反应、理解以及兴趣所在。

※音像作品欣赏　光盘或磁带的儿歌或故事听赏受到幼儿的喜爱，对年幼的儿童来说，反复的播放并不影响他们的兴趣，他们还会乐于一同参与吟唱和表演。

※妈妈故事会　轮流邀请妈妈参加的讲故事或讲读图画书是亲子阅读在幼儿园的延伸，受到幼儿普遍的欢迎，同时能够推动家庭的亲子阅读。

※故事表演　配备面具和简单道具的故事表演特别受到幼儿喜爱，小班以教师故事表演为主，使用布偶配合；中班可以由教师和幼儿一同表演；大班可以由幼儿自己表演。应注意让幼儿有广泛参与的机会。

※观看戏剧　在剧场观看戏剧对幼儿是印象深刻的体验，剧场的现场气氛会强烈地吸引他们，幼儿喜欢的剧种包括木偶剧和童话剧。应该注意戏剧影像制品与戏剧并不能完全互相替代。

※动画影视欣赏　集体环境中的动画影视欣赏可以增加快感和娱乐性。注意应选择短片以控制观看的时间，并与图画故事读物的欣赏结合，让幼儿体会不同艺术形式表现的同一个故事，建立文学艺术体式的初步认识。

※"大家一起讲故事"　幼儿有基本的复述故事的能力，可安排几个孩子共同完成一个故事的讲述，让他们互相配合和补充。

※"家园阅读合作行动"　家园阅读合作行动的形式可以很多很灵活，主要是能够形成阅读活动的同步与互动，巩固阅读习惯、兴趣方面的阅读成果，比如"午间阅读"和"晚安阅读"，可以在家园联动，也可以使用同样的阅读资源。

…………

教师具有的活动的衍生能力、创造能力，能让他们在实践中发现更多更好的活动内容和形式。

💬**思考与实践**

如何帮助幼儿实现文学作品的多元智能化阅读？哪些活动形式更有效？

学前阶段文学阅读参考书目

推荐给幼儿的阅读书目，需要考虑幼儿的阅读兴趣和阅读能力以及幼儿文学的基本样式。现依据幼儿文学的经典作品，结合当下市场可购买的图书品种，推荐十组文学类图书，供幼儿园、家庭、教师和家长选择。

第一组：

《一园青菜成了精》（中国　儿歌）

《欢迎小雨点》（中国　圣野　诗歌）

《花瓣儿鱼》（中国　金波　童话）

第二组：

《大头儿子和小头爸爸》（中国　郑春华　故事）

《不不园》（日本　中川李枝子　童话）

《李拉尔的故事》（中国　梅子涵　故事）

第三组：

《小贝流浪记》（中国　孙幼军　童话）

《笨狼的故事》（中国　汤素兰　童话）

"小香咕"系列（中国　秦文君　童话）

第四组：

"米菲"系列（比利时　布鲁纳　图画书）

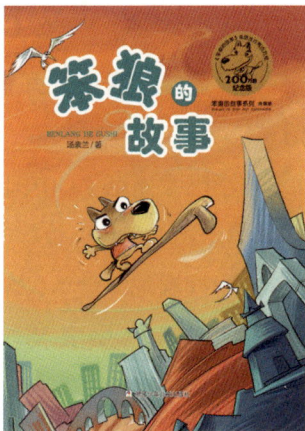

《笨狼的故事》

汤素兰　著

浙江少年儿童出版社

"莫妮克无字书"系列（瑞士　莫妮克·弗利克斯　图画书）

"十四只老鼠"系列（日本　岩村和朗　图画书）

第五组：

《别让太阳掉下来》（中国　朱成梁　郭振媛　图画书）

《逃家小兔》（美国　玛格丽特·怀兹·布朗、克雷门·赫德　图画书）

《猜猜我有多爱你》（英国　麦克布雷尼　图画书）

第六组：

《小蝌蚪找妈妈》（中国　方惠珍、盛璐德　科学童话）

《尾巴》（苏联　比安基　科学童话）

《小黑鳗游大海》（中国　鲁克　科学童话）

第七组：

《木偶奇遇记》（意大利　科洛迪　童话）

《豆蔻镇的居民和强盗》（挪威　埃格纳　童话）

《小巴掌童话》（中国　张秋生　童话）

第八组：

《小熊温尼·菩》（英国　米尔恩　童话）

《雪孩子》（中国　嵇鸿　童话）

《小狗的小房子》（中国　孙幼军　童话）

第九组：

《七色花》（苏联　卡达耶夫　童话）

《神笔马良》（中国　洪讯涛　童话）

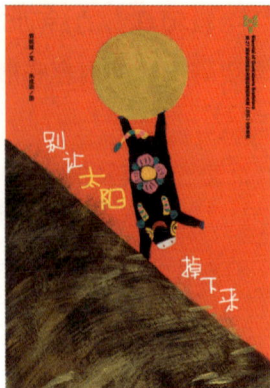

《别让太阳掉下来》
郭振媛 文
中国和平出版社

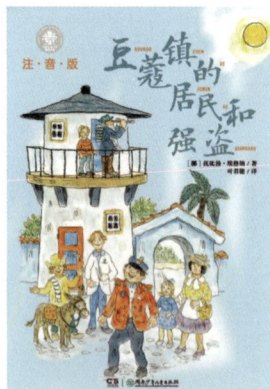

《豆蔻镇的居民和强盗》
[挪威]托尔边·埃格纳 著
湖南少年儿童出版社

《野葡萄》（中国　葛翠琳　童话）

第十组：

《马兰花》（中国　任德耀　童话剧）

《宝船》（中国　老舍　童话剧）

《十二个月》（苏联　马尔夏克　童话剧）

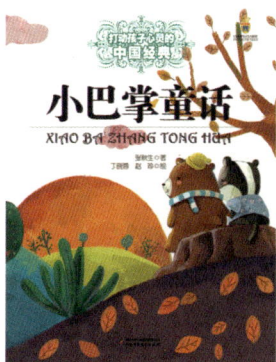

《小巴掌童话》

张秋生　著

中国少年儿童出版社

小学低年级学生阅读活动方案

小学低年级文学活动目标

随着识字量的增加，小学低年级学生已经具有一定的自主阅读能力，但自主阅读依然带有很大的随意性，需要教师的组织和指引。小学低年级文学开展活动的目标是：

※促进学生的文学阅读，达到课程标准指引的阅读能力标准和阅读量要求；

※引导学生阅读优秀的儿歌、儿童诗、故事、童话、散文诗、图画书作品；

※建立并巩固学生的文学阅读习惯；

※培养学生的文学阅读兴趣和趣味；

※让学生开始文学读物的自主选择。

小学低年级文学阅读活动

小学低年级已经开始形成学习性阅读与娱乐性阅读的区分，应将学习性阅读主要安排在课内进行，在课外留出娱乐性阅读的足够的空间，小学低年级的文学阅读活动比较依赖教师的具体指导，这一阶段文学活动的内容与形式主要包括：

※**诗歌听赏会**　诗歌听赏可以采用音像

资源，也可以教师和学生自己朗读听赏，能够配合和拓展教学内容更为理想。

※"我最喜欢的一幅插图" 教师和学生共同参加，从插图介入，向作品内容的介绍延伸，展示相关的读物，都能激发学生的阅读兴趣。

※分角色朗读 教师和学生一起分角色共同朗读故事类作品，可让学生充分体验作品情境，还可增加阅读的趣味。

※讲故事比赛 讲故事是情节的复述，更包含故事情境的渲染、细节的补充和发挥。讲故事比赛，故事的素材也可由学生自行选择，教师可提供指导和协助。

※长篇连播 由教师承担的具有情节吸引力的中、长篇作品连播，会有启发和激励阅读的效果。

※午间自由阅读 在学校为学生提供自由阅读的时间和空间，让学生阅读自带的读物，可以实现家庭阅读和学校阅读的交流和配合。

※"换一本书读读" 鼓励同学之间交换借阅图书，尝试分享阅读体会和经验。

※参观书店 由家长带领参观书店具有可操作性；家长提供资助让学生购买 1 ~ 2 本他们喜欢的图书，教师在班级组织举办新书展览，家校合作，能有效促进学生参与阅读。

※儿童影视作品欣赏 在学校开展的影视作品欣赏可配合作品的讨论用"说来听听"等方式鼓励学生自由表达观感和意见。

※班级图书角 设立班级图书角可以形成班级读书气氛，并提供阅读资源。图书角以文学读物为主，应考虑一定比例的其他读物。部分读物可以来自学生。应保持读物的流动性。

…………

低年级阅读活动应该注意形式的新鲜和活泼，充分考虑对学生的吸引力，活动的效果明显。教师可在实践中挑选和完善。

💡思考与探索

学校是否应该允许低年级学生在阅读活动中进行娱乐性阅读？为什么？

小学低年级文学阅读参考书目

　　小学低年级的阅读书目，分别纳入目前最具经典性和影响力的儿童文学作品，兼顾了欣赏性阅读和娱乐性阅读短篇作品（集）和中篇作品，考虑了各体裁的兼容和配伍共形成十一组作品，供教师和学生选择。

　　第一组：

　　《帽子的秘密》（中国　柯岩　儿童诗）

　　《给巨人的书》（中国　任溶溶　作品集）

　　《我喜欢你狐狸》（中国　高洪波　诗集）

　　第二组：

　　《小布头奇遇记》（中国　孙幼军　童话）

　　《聪明的小狐狸》（捷克　约瑟夫·拉达　童话）

　　《舒克和贝塔历险记》（中国　郑渊洁　童话）

　　第三组：

　　《圆圆与方方》（中国　叶永烈　科学童话）

　　《森林报》（苏联　比安基　动物故事）

　　《我们的土壤妈妈》（中国　高士其　作品集）

　　第四组：

　　《马列耶夫在学校和家里》（苏联　诺索夫　小说）

　　《罗文应的故事》（中国　张天翼　小说）

　　《"没头脑"和"不高兴"》（中国　任溶溶　童话）

　　第五组：

　　《有个男孩叫豆豆》（中国　陈晖　故事）

　　《小小小世界》（中国　黄宇　故事）

　　《乌鸦兄弟》（中国　金江　寓言集）

第六组：

《会唱歌的咖啡磨》（德国　奥德弗雷德·普鲁士勒　童话）

《魔法师的帽子》（芬兰　杨松　童话）

《查理和巧克力工厂》（英国　罗尔德·达尔　童话）

第七组：

《窗边的小豆豆》（日本　黑柳彻子　小说）

《鼹鼠原野的小伙伴》（日本　古田足日　小说）

《两个小洛特》（美国　凯斯特纳　小说）

第八组：

《鸡毛信》（中国　华山　小说）

《小英雄雨来》（中国　管桦　小说）

《埃米尔擒贼记》（德国　克斯特纳　小说）

第九组：

《长袜子皮皮》（瑞典　林格伦　童话）

《小飞人卡尔松》（瑞典　林格伦　童话）

《了不起的狐狸爸爸》（英国　罗尔德·达尔　童话）

第十组：

《伊索寓言》（古希腊　伊索　寓言集）

《中国民间故事》（中国　民间故事集）

《意大利民间故事集》（意大利　民间故事集）

第十一组：

《荷花镇的早市》（中国　周翔　图画书）

《夏天》（中国　曹文轩、英国　郁蓉　图画书）

《图书馆之夜》（中国　高洪波、李海燕　图画书）

《爷爷一定有办法》（加拿大　菲比·吉尔曼　图画书）

小学中年级学生阅读活动方案

小学中年级文学活动目标

学生在中年级段的阅读能力有迅速的提升，阅读面扩大，阅读量增长，部分学生已经能够阅读中长篇作品，并对文学作品形成个性化兴趣和爱好。中年级学生开展文学活动的目标是：

※ 促进学生的文学阅读，达到课程标准指引的阅读能力标准和阅读量要求；

※ 让学生熟悉和了解儿歌、儿童诗、故事、童话、散文等文学样式；指引学生开始阅读适合相关年龄层次的世界儿童文学经典原作；

※ 巩固学生文学阅读的兴趣和习惯；

※ 培养学生对文学的感受能力和领悟能力。

小学中年级文学阅读活动

小学中年级学生精力旺盛、兴趣广泛，对文学活动的参与愿望增强，有一定活动创建能力。中年级文学活动应注意文学阅读活动内容和形式的新鲜感和多样化，并尽可能吸纳学生的建议。这一学段的基本文学活动样式有：

※ 制订读书计划　中年级学生开始需要建立自我的约束和规范，制订读书计划的同时

还能让学生知晓阅读的计划性。在书籍选择上，应给予充分指导，适当考虑他们的个人兴趣。注意对计划的督促，安排学生自我检查。

　　※**"我最喜欢的人物（或角色）"**　提供表达阅读感受和评价作品的平台可以有效推动阅读活动，引发阅读经验的分享。

　　※**诗歌朗诵会（或比赛）**　让学生自选诗歌可以推动诗歌阅读，现场的诗歌朗诵能让学生体会诗歌体裁抒发情感和滋养心灵的特殊意义。

　　※**故事接龙**　集体性的故事创作项目特别能够发挥学生的想象力，激发他们开展故事编创的兴趣和能力。

　　※**"我的小书架"**　让学生介绍自己的藏书或购书经历，同样是阅读经验的分享。可以鼓励学生交换分享阅读资源，形成生生互动、家校互动。

　　※**剧场观剧**　剧场观看戏剧是重要的文学艺术体验，可以配合剧情介绍或剧本片段的阅读欣赏，让学生了解戏剧这一特殊的文学艺术体式。

　　※**阅读壁报**　指导学生自编阅读壁报，是阅读活动的拓展和延伸，可以实现中年级学生文学阅读活动由听说向读写的逐步转换。

　　※**小组合作阅读**　小组合作阅读是同伴阅读的一种形式，鼓励各成员发表意见，通过讨论形成对作品的基本共识，并从不同的层面和细节的角度实现对读物的全面反应和鉴赏。

　　※**参观图书馆**　参观图书馆，可以了解图书资源，熟悉借阅图书的过程，实现对公共阅读资源的利用，并进一步巩固文学阅读的兴趣。

　　※**"每天30分"**　类似的活动可以保证中年级学生阅读的时间和空间，并促使他们坚持文学阅读的习惯。应该允许学生在这类活动中阅读自带或自选的读物或者交换他们的读物阅读。

　　…………

　　以上活动，教师应尽可能以参与者而不仅是组织者的身份加入。

💡**思考与实践**

相邻阶段哪些阅读活动形式可以在本学段应用？哪些应用效果不理想？

小学中年级文学阅读参考书目

可供小学中年级阅读的文学经典比较丰富，在这个阶段，教师的推荐对阅读活动仍然具有很大的影响力，但学生已经开始形成自主的、个性化的阅读选择。现提供十一组供小学中年级学生阅读的文学作品目录。

第一组：

《爱丽丝漫游奇境》（英国　卡洛尔　童话）

《水孩子》（英国　金斯莱　童话）

《随风而来的玛丽·波平斯阿姨》（英国　特拉弗斯　童话）

第二组：

《渔夫与金鱼的故事》（俄罗斯　普希金　童话诗）

《列拉狐的故事》（法国　动物故事诗）

《拉·封丹寓言诗》（法国　拉·封丹　寓言诗）

第三组：

《格林童话》（德国　格林兄弟　民间童话集）

《贝洛童话》（法国　贝洛　童话集）

《意大利童话》（意大利　卡尔维诺编　民间童话集）

第四组：

《稻草人》（中国　叶圣陶　童话）

《宝葫芦的秘密》（中国　张天翼　童话）

《浆果王》（中国　王一梅　童话）

第五组：

《桦皮船》（中国　薛涛　小说）

《有老鼠牌铅笔吗》（中国　张之路　小说）

《淘气包埃米尔》（瑞典　林格伦　小说）

第六组：

《夏洛的网》（美国　怀特　童话）

《下次开船港》（中国　严文井　童话）

《桦皮船》
薛涛 著
安徽少年儿童出版社

《5月35日》（德国　克斯特纳　童话）

第七组：

《奇迹花园》（中国　汤素兰　童话）

《小小的天空　小小的梦》（中国　陈晖　童话）

《欢迎光临魔法池塘》（中国　彭懿　童话）

第八组：

《小房子》（美国　维吉尼亚·李·伯顿　图画书）

《树真好》（美国　贾尼思·梅·伍德里、马可·塞蒙　图画书）

《七号梦工厂》（美国　大卫·威斯纳　图画书）

第九组：

《秘密花园》（美国　伯内特　小说）

《亲爱的汉修先生》（美国　贝芙莉·克莱瑞　小说）

《喜乐和我》（美国　菲琳丝·那勒　小说）

第十组：

《爱的教育》（意大利　亚米契斯　小说故事集）

《海蒂》（瑞士　斯佩丽　小说）

《金珠玛米小扎西》（中国　曾有情　小说）

第十一组：

《中国历史故事集》（中国　林汉达编　历史故事集）

《中国少数民族传说故事》（中国　传说故事集）

《中国古代寓言故事》（中国　寓言故事集）

💡**思考与实践**

　　各学段推荐书目是否可以任意调换？能否个别调整重新组合？为什么？

小学高年级学生阅读活动方案

小学高年级文学活动目标

小学高年级已经获得基本的文学阅读能力和鉴赏力，逐步由对文学的感知向文学的欣赏与评价推进，阅读量和文学活动目标阅读需求有同步的增长，阅读的个性倾向也日趋明显。小学高年级文学活动的目标是：

※促进学生的文学阅读能力的发展，达到课程标准指引的阅读能力标准和阅读量要求；

※引导学生把握儿童诗、童话、小说、散文等文学样式的艺术特征；

※指引学生阅读世界儿童文学代表作家的作品；

※发展学生文学阅读的习惯和兴趣；

※开始培养学生对语言艺术的理解能力和鉴赏能力。

小学高年级文学阅读活动

小学高年级开始关注文学活动的内容与品质，希望自主策划和组织活动的实施，对活动表现出不同程度的个性化关注和兴趣。小学高年级的文学活动可以采取的方式有：

※**歌词欣赏**　歌词欣赏可能更符合高年级学生的意愿和趣味，注意引导学生关注有诗意诗境的歌词，对高雅与通俗的歌词做出基本的评估和区分。

※**"我最喜欢的一本童话"**　介绍自己喜爱的文学作品需要有文学阅读经验和鉴赏能力的配合，是阅读水平的综合反映。教师和学生共同参与，教师与学生分享自己的阅读体会是良好的沟通和交流。

※**参观购书节、书展或书市**　需要鼓励学生参加公共阅读活动，感受阅读气氛，并及时获得阅读资讯。

※**读书板报**　学生不定期编辑读书板报，可以在集体中形成读书的风气，并以摘录、点评、撰写读后感的方式实现阅读与写作的连接。

※**"天才小作家"**　文学阅读能够自然引发创作欲望与冲动，应鼓励学生在文学创作方面的尝试，积极联系和提供发表的机会，并进一步推动阅读向更高的层次发展。

※**学校读书节**　举办年级或学校的读书节会集合各种小型读书活动，并将日常的阅读活动提升，可以与家长共同协作，邀请知名作家提供文学讲座，或争取出版社的图书资助，以扩大活动在学生中的影响。

※**网络阅读**　网络阅读已经成为新的阅读方式，在扩大阅读量、同步跟进当下的时尚阅读方面具有优势，应注意引导学生协调与文本阅读之间的关系，能够辨别网络作品的优劣，避免网络写作方式对规范语言表达的过度干扰。

※**戏剧排演**　戏剧排演可以培养学生对戏剧的兴趣，对剧本的研读和表演，能增强他们对戏剧情境、戏剧语言、戏剧人物塑造等戏剧艺术形式的理解和感受。

※**影像阅读**　进行文学作品与影视改编作品的比较阅读，感受文学和艺术在表达上的不同优势和长处，加深对作品的理解。

※**"和父母（朋友、老师）的文学对话"**　以口头或书面的形式和特定对象展开关于阅读文学的讨论，可以充分体现文学的个人性，也可能达到集体讨论所不能达到的深度。

小学高年级文学阅读参考书目

小学高年级学生的文学阅读对读物的品质提出了更高的要求，题材的广泛性、艺术表现的丰富性和多样性、作家作品的个性和风格的独特性，都需要考虑，同时还要兼顾文学性和趣味性、经典性和流行性，现提出十一组参考书目。

第一组：

《我们去看海》（中国　金波　儿童诗集）

《狂欢节，女王一岁了》（中国　萧萍　儿童诗集）

《一个孩子的诗园》（英国　斯蒂文森　儿童诗）

第二组：

《寄小读者》（中国　冰心　散文集）

《中国孩子的梦》（中国　谷应　散文集）

《一个孩子的宴会》（法国　法朗士　散文集）

第三组：

《安徒生童话》（丹麦　安徒生　童话）

《柳林风声》（英国　格雷厄姆　童话）

《尼尔斯骑鹅旅行记》（瑞典　拉格洛孚　童话）

第四组：

《三江源的扎西德勒》（中国　杨志军　小说）

《雪山上的达娃》（中国　裘山山　小说）

《我的妈妈是精灵》（中国　陈丹燕　小说）

第五组：

《洋葱头历险记》（意大利　罗大里　童话）

《假话国历险记》（意大利　罗大里　童话）

《吹牛大王历险记》（德国　拉斯培　童话）

第六组：

《彼得·潘》（英国　巴里　童话）

《毛毛》（德国　恩德　童话）

《三江源的扎西德勒》
杨志军 著
二十一世纪出版社集团

《北风的背后》（英国　麦克唐纳　童话集）

第七组：

《六年级大逃亡》（中国　班马　小说）

《绿山墙的安妮》（加拿大　蒙哥马利　小说）

《我亲爱的甜橙树》（巴西　若泽·毛罗·德瓦斯康塞洛斯　小说）

第八组：

《永远讲不完的童话》（德国　恩德　童话）

"彩乌鸦"系列（德国　埃迪特·施莱伯尔–维克等　童话、小说）

"安房直子"系列（日本　安房直子　童话、小说）

第九组：

《霹雳贝贝》（中国　张之路　科幻小说）

《森林里的小火车》（中国　彭学军　小说）

《寻找鱼王》（中国　张炜　小说）

第十组：

《爱心树》（美国　谢尔·希尔弗斯坦　图画书）

《盘中餐》（中国　于虹呈　图画书）

《一条大河》（中国　于大武　图画书）

第十一组：

《草房子》（中国　曹文轩　小说）

《花儿与歌声》（中国　孟宪明　小说）

《焰火》（中国　李东华　小说）

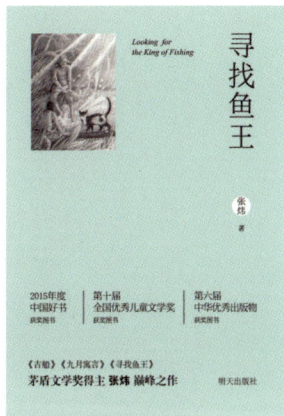

《寻找鱼王》
张炜　著
明天出版社

💡**探索与实践**

采访一些学生，问一问他们都读过参考书目中的哪些书？他们喜欢哪些书？他们认为还有哪些书可以补充进书目中？

初中学生阅读活动方案

初中学生文学活动目标

初中学生具有的文学阅读能力和鉴赏力，已经能够满足对文学进行独立阅读的需要，他们的阅读方式也更多地转向欣赏性阅读与评价性阅读，无论是阅读量、阅读需求还是阅读习惯与倾向与小学阶段相比有显著的提升和改变。初中学生文学阅读活动目标是：

※促进学生文学阅读能力的进一步提升，达到课程标准指引的阅读能力、阅读量要求；

※引导学生对诗歌、小说、散文、戏剧等品种的文学艺术作品进行鉴赏和评价；

※指引学生阅读代表各种文学背景和传统的重要作家作品；

※培养学生全方位感受和体验文学的魅力；

※让学生关注和尝试理解文学对于人类生活和社会的主要价值。

初中学生文学阅读活动

初中学生比较关注文学活动的性质与价值，能够自主策划和组织活动的实施，对活动表现出理性的思考和选择，文学阅读活动具有一定的探索性和创造性。初中学生经常举办的文学活动主要有：

　　※**主题读书活动**　　主题阅读是初中学生通常采用的读书活动形式，他们感兴趣的主题包括生命、成长、自然、情感、战争与和平等，并结合阅读举办讲座、论坛，对作品进行深入的讨论，分享阅读的思想成果。

　　※**我的文学周记**　　初中学生比较注重阅读的个人化和内心体验，倾向于用文字记录他们的阅读感受，表达自己对作品的判断和评价，教师只应该在学生主动提供的情况下阅读这种带有私人性的读书笔记。教师可以选择将自己的阅读笔记与个别或全体学生分享。

　　※**班级诗刊**　　初中学生对诗歌有相当浓厚的创作兴趣，定期举办班级诗刊对活跃班级的文学气氛、激发学生的创造性阅读有很好的促进作用。

　　※**"我最喜爱的一本小说"**　　小说是初中学生阅读量最大的文学样式。关于小说的讨论能够引发学生的广泛参与，可以建立学生对小说的正确态度和客观评价标准。应鼓励经典小说作品的阅读，学生对流行畅销小说的阅读也不宜过多的干预和限制。

　　※**人物形象Flash制作（或人物肖像绘画）**　　可让学生选择自己最熟悉或最喜欢的人物形象，做成 Flash（或人物肖像绘画）作品，进行竞猜或评选，拓展阅读形式，增强阅读效果。

　　※**"与作家对话"**　　可采用讲座、书信等多种形式和作家交流，表达对作品的感受和评价，了解作品的创作过程，讨论双方感兴趣的创作话题。

　　※**争鸣作品辩论会**　　选择一两本引起社会广泛讨论的争鸣性作品，组织学生阅读和讨论，教师可以发表自己的个人意见，但应该首先给予学生发表看法的机会和空间。

　　※**热门图书排行榜**　　以一定时间为限，由学生投票选出最具阅读价值的若干文学书，推荐者应提交推荐理由，鼓励学生关注上榜图书，能够根据自己的兴趣和时间进行选择性阅读。

　　※**网上评书**　　可以开辟网上平台，吸引学生参与网上评书活动，教

师可以和学生在线交流，分享阅读经验和体会。

※排演课本剧 根据课本内容自编自演课本剧是一种有效的拓展阅读，可以帮助学生加深对作品的理解和认识，教师也可以参与课本剧的编创和演出，演出后可开展对剧本编写或表演效果的评议。

🤔思考与实践

你是否鼓励并会向学生推荐畅销流行小说？为什么？如何看待它们的价值？

初中学生文学阅读书目

初中学生的阅读开始向成人文学迁移，虽然少年文学有丰富的创作，但只有部分思想深刻、艺术表现成熟的作品能够真正吸引他们的阅读兴趣。现提供十一组作品，供初中学生选择阅读。

第一组：

《男生贾里》（中国　秦文君　小说）

《天棠街3号》（中国　秦文君　小说）

《一个少女的心灵史》（中国　秦文君　小说）

第二组：

《小王子》（法国　圣埃克苏佩里　童话）

《青鸟》（比利时　梅特林克　童话剧）

《快乐王子集》（英国　王尔德　童话）

第三组：

《汤姆·索亚历险记》（美国　马克·吐温　小说）

《苦儿流浪记》（法国　埃克多·马洛　小说）

《小王子》

[法]安托万·德·圣埃克苏佩里 著

天津人民出版社

《城南旧事》（中国　林海音　小说）

第四组：

《金银岛》（英国　史蒂文森　小说）

《蓝色海豚岛》（美国　奥台尔　小说）

《一岁的小鹿》（美国　罗休斯　小说）

第五组：

《草人》（苏联　热列兹尼科夫　小说）

《纸人》（中国　殷健灵　小说）

《腰门》（中国　彭学军　小说）

第六组：

《繁星·春水》（中国　冰心　散文诗集）

《新月集》（印度　泰戈尔　散文诗集）

《小银和我》（西班牙　希梅内斯　散文诗集）

第七组：

《希腊神话故事和传说》（古希腊　神话传说集）

《一千零一夜》（古阿拉伯　民间故事集）

《莎士比亚戏剧故事集》（英国　莎士比亚　戏剧故事）

第八组：

《格列佛游记》（英国　斯威夫特　小说）

《鲁滨孙漂流记》（英国　笛福　小说）

《堂吉诃德》（西班牙　塞万提斯　小说）

第九组：

《第七条猎狗》（中国　沈石溪　动物小说）

《狼獾河》（中国　黑鹤　动物小说）

《动物素描》（法国　布封　散文集）

第十组：

《格兰特船长的儿女》（法国　凡尔纳　科幻小说）

《时间机器》（英国　威尔斯　科幻小说）

《昆虫记》（法国　法布尔　科学随笔）

第十一组：

《狮子、女巫和魔衣柜》（英国　刘易斯　幻想小说）

"哈利·波特"系列（英国　罗琳　幻想小说）

《蓝熊船长的13条半命》（德国　莫尔斯　幻想小说）

结语：学校内开展的儿童文学阅读需要教师的指导和支持，各年级的阅读活动方案只具有基本的参考意义，教师应该根据学生的实际情况做出调整和处理，无论是活动的内容和形式还是文学读物参考书目，都可以进行自由的选择和组合。这些方案的根本目的是促成语文课程标准要求的学生阅读能力和阅读量得到满足和保证；如课程标准有所调整，则应该遵循和执行新的标准要求。

整本书阅读评测与效果评估

在国家积极倡导全民阅读、重视儿童阅读的情势下，社会各界日益重视对少年儿童阅读规律的研究。21世纪以来，我国儿童教育、儿童心理、儿童阅读理论等专业领域的学术团队一直在追踪调研不同地区、不同年龄、不同群体、不同性别少年儿童的智力、心理、认知等方面的能力和特点，尝试借鉴国外阅读能力测试与分级阅读的既有成果，探索建立中国儿童阶梯阅读体系，开展少儿阶梯阅读工程的研发及推广应用工作，以加快提高我国少年儿童整体阅读水平的进程。

北京师范大学文学院儿童文学教育应用专业团队立足于中文教师教育一直以来兼容并交互文学与语文教学的传统，长期关注学前及小学阶段的儿童文学阅读研究，从"为什么读"到"读什么"，从"怎么读"到"读得怎么样"，逐步深入并全方位拓展，取得了多项先进成果，为配合国家的相关政策导向与工作目标，研究团队在总结既往理论与实践成果的基础上，联合教学一线学校，选择从儿童文学阅读分阶评价与学生人文素养贯通培养的双重角度进行课题研究，取得了初步的进展，主要包括选择儿童文学及图画书文本对应学生分阶阅读的策略，围绕作品体裁特点设计题库与评测系统，以过程性评价支持整本书阅读的推进与完成，以循序渐进、一以贯之的阅读指导覆盖九年制义务教育阶段，实现分阶与贯通的双向统合。

儿童文学作品阅读的分级、分龄与分阶

儿童文学是指以儿童为主要读者对象，考虑到儿童理解力、身心发展、审美需求及阅读趣味的文学作品。儿童文学反映儿童的现实生活和内心世界，有丰富的内容和形式，有文学的美感及情趣，是儿童阅读的核心资源，对培养儿童的情感态度价值观、发展儿童多元智能、增进儿童语言能力及文学艺术鉴赏能力有突出的价值及作用。

基于儿童读者的身心发展阶段，儿童文学分为婴幼儿文学、童年期文学及少年文学三个层次。由于中文符号系统表意的特殊性以及中文阅读文本本身具有的复杂性，在没有大数据支持及实验论证的前提下，对儿童文学读物的分级、对儿童读者阅读水平的分级研究尚处在待验证的初始阶段。目前我们还难以对一部作品做出精准的分级定位，也很难在没有基准读物及评测标准的情况下对儿童读者的阅读能力做客观而准确的评估。相对于分级阅读，分龄阅读的指向性反而更为明确，如果能借由作品的内容构成、形式特点及文字状况，大致匹配相应的年龄读者，并预留上下兼容的空间，能够部分地满足家庭阅读指导方面的基本需求。

分阶阅读的概念更多应用于教育机构或学习性阅读的场域，适用于系统连续、有进阶性和完成性目标、有能力训练及评价考量在内的阅读活动，相比家庭的或简单按照读者年龄匹配的分龄阅读，分阶阅读显然更为复杂也更需要学术研究的支持与体系化设计；如果加入读者个体差异的因素，再考虑阅读中因文本表达优劣或读者阅读兴趣的指向而呈现出的变化与不确定性，儿童文学作品的分阶阅读是非常需要认真对待和审慎结论的领域。

当前各个学校开展阅读儿童文学阅读活动，普遍需要作品书单、阅

读方法指导、活动方案设计及效果的评测评价。无论其运用的是分级分龄还是分阶的概念，都会具有阶梯向上的方向和性质，其核心是读物的分阶与读者阅读的分阶以及两者之间的关联和对应。任何题材与体裁的儿童文学作品，大概都可以从作品内容与主题、人物主人公与故事情节、作品的艺术表现及语言表达的风格等层面，大致确定相对适切的读者群体；而特定学段的儿童读者，即使因背景及个性产生差别化的变量，他们在阅读取向、阅读能力及水平方面也会有一定的趋同及一致性，这些都是学校儿童文学分阶阅读开展的条件及依据。在认识到儿童文学分阶阅读的必要性、合理性及可行性的同时，我们也要注意到其具有的相对性与不完全对应性，在研究分阶阅读理论及应用于实操时加以重视。

学校儿童文学阶梯阅读的支持与评价

　　与家庭亲子阅读、儿童自主阅读有所区别的学校儿童文学阅读，主要由学校策动组织、由教师指导开展，经常是整个年级、班级或小组成员共同参与的集体阅读。学校的阅读活动一般都指向经典及优质的文本，指向鉴赏性及学习性阅读，指向语文课程的研习及文学素养的培育。这类阅读的活动设计也往往侧重于听、说、读、写、思等方面的拓展，即使有影像观看、绘画手工或戏剧表演，也不能将其主要定位为游戏化、娱乐化的活动。在学校阅读中明确引入比分阶阅读更具体的、更系统的阶梯阅读概念，可以让学校学生的阅读文本、阅读活动总体呈现出序列化特点，实现相互的连接及整合，进而完成各个学校规划清晰、方向明确、系统可持续、积累中有提升的阅读工程体系构建。

　　学校及教师通常会将阶梯阅读落实于文本选择及活动的梯度设计方面，这当然是阶梯阅读理念的直接表现。在我们看来，文本的选择、活动的内容及形式的安排，还包含学校及教师对学校儿童文学阅读活动的性质、目的及意义的理解及认定，包含文学教育综合效能的评估和考量。

　　学校的儿童文学阅读勾连课内外，同时呈现出向课程化全面推进的趋势，即使是教室里的课程阅读，只要是文学类的读物，无论单篇作品还是整本书，都需要确认并凸显其文学阅读的性质，它们更多是有情感体验、有兴趣导引的个人化阅读，是过程享受与能力训练同等重要的阅读，是提倡独立思考及批判性回应的阅读。相关的评价与评测，需要考虑的因素应该包括：文本的体裁样式与艺术表现形态对阅读过程的影响，学生个体在阅读心理层面的接受与体验状态，评测点及评测方法的选择、运用与匹配，各学段学生可能的水平超前或滞后，基准线的确立、体现与延展空间的预留，支持性过程推动与效果评估的同步与合一，考虑与家庭与社区的兼容互通等。

编创学校儿童文学阶梯阅读评测方案，在实现支持的同时纳入效果评测具有挑战性。相对而言整本书的设计比单篇作品更有施展的空间，比如有可能从不同维度、以各种方法协助学生完成具有一定体量的一部文学作品的阅读，以此为基本单元，通过单元间的有序组接实现进阶。

要兼顾过程的推动与支持，同时显现出效能的即时评估，题目的设置设计，还是需要有相对稳定及可衡量的向度与标准。小学阶段的部分纳入的是语文课程标准、儿童文学鉴赏及儿童阅读心理三个维度，至初中部分则相应地考量文学经典文本的评价维度和少年阅读心理的发展：

※语文课程标准维度主要包括：

字词读写：字音、字义、词义的掌握。

词句理解：结合上下文和生活实际理解课文中关键词句的意思。

内容概括：整合文本信息，概括主要内容。

思想认识：借助作品的文字领会作品传递出的作者的思想。

情感体悟：通过作品文字的表达体悟作者想要表达的情感。

表达方式：作者在作品中运用的修辞方法、写作手法等艺术表现方式。

综合运用：口语表达和书面表达解决与学习和生活相关的问题。

※儿童文学（文学经典）鉴赏维度主要包括：

体裁：文学作品的类别（如诗歌、童话、小说、散文、戏剧）及各类别的文体特征。

主题：文学作品中表现出的主要思想情感。

人物：文学作品中描绘的人物形象，是作品内容的重要构成因素。

情节：文学作品按故事发生、发展、高潮及结局呈现出的事件过程及基于叙事者或叙事策略特定的组织与安排。情节中的细节是文学作品中描绘人物、事件和环境的最小组成单位，是情节中具有特殊意义和作用的、令人印象深刻的部分。

结构：根据文学作品体裁特点做出的内容的组织与安排，包括人物、事件、环境的设计及相互关系的处理等。

语言：文学作品等反映社会生活、塑造艺术形象所使用的语言，包括作品中的人物语言和作家的叙述语言。

艺术表现：文学作品借助修辞方法、表达方式、写作技巧及艺术感染力。

※儿童（少年）阅读心理维度主要包括：

感知：获得作品内容中字、词、句、篇的字面意义。

理解：发现作品文字中隐含的深层次含义。

想象：依据作品内容产生的联想与想象，并加以生发。

欣赏：对作品的语言文字、风格特点等进行鉴别赏析。

评价：对作品主题、人物等做出自己的反应与判断。

探究：对已经获取的信息包括欣赏评价的内容对照作品进行审视、反思与修正。

创造：通过阅读及信息加工获得或生长出新观点、新思想及新能力。

实践表明，在选定学生阅读的文本之后，设计活动特别是编制推导阅读同时标记反应和效果的题目，如果能按照权重纳入或兼容这三个维度的坐标，学校儿童文学阶梯阅读及支持性评价有可能部分地到达与实现。

各学段中外儿童文学经典文本阅读方案及支持性评测单元示例

我们从已经完成的两百多个案例中选出具有代表性的几个文本，对应小学低、中、高及初中四个学段，进行举例说明。

《苹果山庄樱桃谷》阅读单元

《苹果山庄樱桃谷》塑造了十六个鲜活生动的拟人动物角色，它们在"苹果山庄"和"樱桃谷"四季变换的自然场景中交朋友、玩游戏，学会团结合作、诚实守信、认同接纳等成长智慧。二十四个温馨有趣的故事，情节起伏变化，主题温馨有爱，字里行间能够感受到作者对儿童读者诚挚的关怀。轻快明朗的文字搭配清新活泼的图画，展现出丰富的童趣之美。

《苹果山庄樱桃谷》

陈晖 著

童趣出版有限公司 编

人民邮电出版社

活动设计主要有故事表演和故事会。因为《苹果山庄樱桃谷》中动物角色众多，它们之间也发生了许多故事，学生可以模仿书中的场景，利用作品里的角色对话，把故事表演出来。也可以依照动物们的性格特点与生活习性，尝试口头创编故事，在班级内进行故事接龙。作品贴合低年龄段儿童的身心发展特点，游戏色彩浓郁，可以组织学生玩玩书中出现的游戏，在游戏中自然开启对自然、对成长的探索。

作为低年级学生阅读的童话作品，《苹果山庄樱桃谷》的阅读评测题目可以指向人物特点及品格的把握、关键语句的理解，注重题目的趣

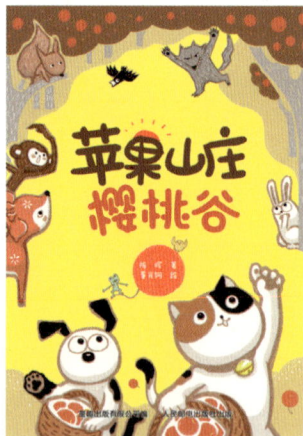

味性。

※小鸡快快为什么不能住在米米家？（　　）

A.因为米米的木屋太小了。

B.因为米米家太冷了。

C.因为狐狸美美经常到米米家做客。

D.因为米米家有点儿暗。

※兜兜说早晨拂过林间和草地的风是什么味道的？（　　）

A.清甜的　B.清凉的　C.清苦的　D.咸咸的

※《山崖背后滑滑梯》中，兜兜觉得做哪些事需要勇气？（　　）

A.下雪时把秋千荡得高高的。

B.在冰湖上救下小狼灰灰。

C.从高高的冰滑梯滑下山。

D.寒冷的冬天去樱桃谷玩。

《爱的教育》阅读单元

　　《爱的教育》的主人公安利柯是四年级的小学生，这部日记体的儿童文学名著具有鲜明的教育主题，内容指向孩子的家庭和学校生活，是国外许多教材的选文来源。作品附设"每月故事"专栏，引人入胜的故事单元增加了读者阅读的丰富性和趣味性，结合阅读理解、阅读选择及阅读活动的基本题型，让学生充分鉴赏及领略作品的重点内容及故事情节。

　　阅读理解推导提问包括：新来的先生非常严厉，为什么安利柯说"从今天起，现在的先生也可爱起来了？"为什么安利柯的母亲认为克洛西一天的勤勉比安利柯一年的勤勉价值都要大得多？《父亲的看护者》中，西西洛为什么会认错人？后来，他知道生病的并不是自己的父亲，为什么还要那么认真地照顾"父亲"？《六千英里寻母》中玛尔可遇到了哪些困难和挫折？

阅读活动设计有：讨论《爱的教育》原作书名及译作书名的特点与意义；上网搜检《爱的教育》不同的版本的书封，比较不同时代、不同国家同一本文学作品的封面设计和艺术效果；以《爱的教育》中的人物故事讨论理想中的学校（家庭）和理想的师生（家庭）关系。

与阅读理解、阅读活动体现出的进阶性一样，针对中年级学生阅读评测的题型虽没有变化，但难度及呈现方式有差异：

※安利柯有一个神秘的伙伴，他令人钦佩；他爱打抱不平；他是非分明。这位神秘的伙伴是（　　）

A. 卡隆

B. 代洛西

C. 卡莱谛

D. "小石匠"

※万灵节，安利柯的妈妈让他要纪念那些为小孩而死去的人们，她特别提到的有（　　）

A. 爱学生，在学校劳作过度去世的老师。

B. 在医院为医治孩子的病被感染病故的医生。

C. 在火灾等危险时刻把求生机会让给孩子的人们。

D. 在战争中英勇作战牺牲的士兵。

※安利柯的父亲运用书信的方式，对安利柯进行教育的原因是（　　）

A. 安利柯的父亲长期工作于他乡，只能通过书信的方式进行交流。

B. 通过书信，使安利柯更加容易理解父亲的教诲。

C. 在信中，可以把面对面不能提及的话语更直白地表达。

D. 安利柯更愿意把许多心事写进日记，不喜欢采用书信方式。

《小兵张嘎》阅读单元

《小兵张嘎》是老一辈作家徐光耀创作的儿童小说，20世纪60年代被拍成电影，成为家喻户晓的名篇。作品成功塑造了顽皮淘气、积极乐观、机智勇敢的主人公嘎子，以他的经历与成长勾画出晋察冀抗日根据地的战斗图景，具有浓郁的生活气息与儿童情趣，同时展现出中国人民不屈的民族气节与昂扬的斗争精神。

阅读活动设计可以针对情节梳理，对重要事件进行排序，还可以组织观影，在比较中加深对作品的理解。

《小兵张嘎》

徐光耀 著

长江少年儿童出版社

※ "枪"是贯穿小说《小兵张嘎》的重要线索，按照事件发生的先后顺序，对下列与"枪"有关的事件排序。

序号	线索
	区队长要求张嘎交出"张嘴蹬"，张嘎提出要求——"再挎十天"。
	在鬼不灵村养伤的老钟叔送给张嘎一把木头手枪。
	张嘎缴获了"张嘴蹬"以后，把它藏在了鸟窝里。
	在打伏击战中他又缴了一支真正的崭新的"张嘴蹬"。
	"挑帘战"中张嘎快速地把敌人扔下的"王八盒子"抢到了手。
	张嘎虽然把"王八盒子"交了出来，但心情很不舒畅。
	部队正式发给张嘎自己缴获的真正的"张嘴蹬"手枪。
	小嘎子企图用木枪吓"白脖"，不料偶遇罗金保。
	嘎子用木制"张嘴蹬"换小胖墩的"柳条鞭"。

※电影《小兵张嘎》影响广泛，但作者却更"偏爱小说"，认为其更耐咀嚼，"滋味"上更悠长，观看电影，比较文本与影像表现的差异，说说你更喜欢哪一个。

《小兵张嘎》在人物刻画、细节描摹等方面有出色表现，评测题目应有所侧重及指引。

※祝捷大会上，听到钱区队长宣布把那支手枪正式发给他佩戴，嘎子的反应是（　　）
A. 坐着发愣，玉英推他，他才站起来走上主席台。
B. 看着台下有些慌，脸红得像个熟透的苹果似的。
C. 舒开双臂，朝着区队长和石政委热烈鼓起掌来。
D. 忸怩地回过头去，不好意思看台下鼓掌的人。

※玉英和小嘎下淀去玩，对水上风光描写得很细致，包括（　　）
A. 圆圆的大荷叶片儿，密密层层，一直铺展到远处的杨柳下去。
B. 淀水蓝得跟深秋的天空似的，朝下一望，清澈见底。
C. 水流里丛丛密密的茬草，鲤鱼呀、鲫鱼呀在里头穿出穿进。
D. 看着满眼的水色天光，青枝绿叶，嘎子心里痒痒的，真想随风飞去。

※钱云清是一个沉着冷静、富有智慧的人，下列小故事与钱区队长有关的有（　　）
A. 用扫帚疙瘩就下了敌人的手枪。
B. 在敌人机枪和大炮的扫射之下，飞起的尘土把战士埋起来了，当人们都以为他已丧命之时，他从烟雾里冒出来了。
C. 不畏惧敌军的炮火，在危险的环境中继续商讨进攻计划。
D. 在苇塘附近被敌人抓住。

《青鸟》阅读单元

《青鸟》是比利时著名戏剧家梅特林克的童话剧，被誉为世界梦幻戏剧史的经典代表作。作品形象展示了幸福的各种形态和构成，演示了人类得到和失去幸福的各个可能途径，包括跟随两个孩子的众多拟人角色本身，都在演绎人类对幸福的追寻与探求，理性的思辨和深切的思考，让作品能够洞穿人性的弱点，直面人类的精神困境与危机，具有思想的锐度。通过有深度、广度的阅读理解提问及多元活动设计，可以让初中的学生结合过往阅读经验个性化、有效地完成文本的阅读。

《青鸟》主要采用了象征的表现手法，思想意蕴丰富，阅读推导题目在提问角度与方式上都应指向更深入的理解与感受，比如：蒂蒂尔和米蒂尔的同伴各自都代表着什么？他们的拟人化处理有什么特殊的象征意义和逻辑趣味？蒂蒂尔和米蒂尔来到"思念之土"，见到了爷爷和奶奶，他们在这里找到了什么？在"未来王国"青色小孩所带的东西分别有什么象征意味？"幸福之园"中有众多的幸福，你觉得幸福到底是什么？幸福在哪里？

活动设计则考虑了戏剧体裁特点、主题理解及读者个人的兴趣与阅读反应。

※角色小传　从戏剧中选择一个你最感兴趣的角色，为他写一段角色小传，使他的人物形象更加丰满，行为动机更为合理。

※戏剧排演　选取《青鸟》的一幕或两幕，研读剧本，确定角色及分工，制作道具及宣传用品，组织排演。

评测的题目指向关键细节、整体信息提取及象征主题的理解：

※仙女给的帽子中间有一颗钻石，它的特殊功能是（　　）
A.给孩子指出真理，帮助他们认识事物的真相。

B.按一下钻石就可以看到事物的灵魂。

C.钻石向右转，可以看到过去；向左转，可以看到未来。

D.转动钻石，仙女就会出现在孩子面前。

※ 在幸福花园中，棣棣转动钻石后看到了（ ）

A.胖子幸福皮肉松弛，神情凄惨。

B.喧杂热闹的宴席不翼而飞。

C.胖子幸福的丝绒锦缎和花冠被撕扯成碎片。

D.胖子幸福惊慌失措，干瘪萎缩。

※ 即将降生到棣棣家的小青孩会带去（ ）

A.像鸟儿一样的精致机器 。

B.拥有七彩颜色的花朵。

C.猩红热、百日咳、麻疹三种疾病。

D.像蜂蜜一样甜的水果。

上面这些案例选择性列举的相关设计，我们各个阶段都有不同的版本，因为经过了应用时多次的改动和修正，这说明我们在学校儿童文学阶梯阅读方面的研究还在进行中，还处于需要进一步完善的状态。希望我们在学校儿童文学阶梯阅读方面的这些实验工作，能够给予从事学校儿童阅读的实践者特别是小学语文老师一些提示与启发，期待大家有更多更好的方法、有更丰富更有效的策略，在支持学校儿童文学阅读活动开展上共同努力。

结束语

教师的儿童文学素养

儿童文学是充分考虑到儿童阅读需求、理解能力及审美趣味而创作的文学，在儿童品德、情感、认知、思维、语言等能力发展方面具有特别的意义和作用。

儿童文学是优质的中小学语文课程资源。从中国到世界，从现代到当代，儿童文学都曾与中小学语文教育和教学发生过深刻的联系。在推行素质教育理念与基础教育不断改革的背景下，通过儿童文学作品进入中小学语文教材体系，儿童文学作为语文课程资源的地位得到进一步确认与提升。

随着各体裁儿童文学作品选入或经过改写进入教材，加强儿童文学修养是教师的必要功课。为保证语文教育兼有人文性与工具性的课程性质，最大限度地借助文学文本特有的优势，教师不仅要按照语文课程标准的指引，注重教学方式与学习方式的变革，还要在考量不同学段学生兴趣特点与个体差异前提下，从体裁及文学特点的角度区分儿童文学作品与一般语文课文的教学及教学策略。无论是确立文学教学的目标，还是采用配合儿童文学文本的教学设计及手段，也包括指导学生开展连接课内外的文学阅读活动，都必须建立在教师具有必备的儿童文学修养基础上。

优秀的儿童文学具有"培根铸魂、启智增慧"的核心及重要的意义，通过对儿童情感态度、价值观的积极影响，在儿童教育和培养上发挥不可替代的作用。儿童文学是儿童本位的文学，贴近儿童的生活和心理，表达儿童的情感和愿望，具有儿童乐于体验、能够接受的审美情趣；儿童文学有较强的阶段性和针对性，能对应不同阶段儿童的阅读兴趣，陪伴和促进儿童的精神成长。儿童文学阅读与儿童素质教育之间存在目标、原则、理念和方法的全面契合。利用儿童文学资源，在学校开展多种途径和方式的综合教育活动，对素质教育观念的推行和贯彻具有实际效能。儿童文学不仅是语文老师的必修课，也可能成为全体教师相关职业素养的基本构成。

教师的儿童文学素养主要包括：

※正确的儿童文学的立场、观点与态度

儿童文学是我们专为儿童创造的文学，蕴含着我们对儿童最深厚的情感；儿童文学同时又是我们成人给予自己的文学，表达着人们对童年深深地眷恋，寄托着人类对理想社会和美好人性的希冀，对人类精神家园的深切渴望。儿童文学，从内容到形式，从情感到语言，呈现着其他文学不总是具备的"清晰、明确、温和、美丽"的品质，焕发着源自纯洁童心与淳美人心的光辉。对儿童文学投入更多的热忱与热情，和儿童一起体验来自儿童文学的欢欣和感动，教师不仅会拥有一条与学生沟通的最直接的心灵路径，还会收获一份抚慰自己的温暖和幸福。

儿童文学以呵护、守卫、丰富、滋养儿童心灵为主旨，教师则是儿童健全人格的塑造者，终日与儿童为伴、以教育儿童为天职的教师与从事其他职业的成年人相比，具有对儿童文学更天然、更真切、更透彻的理解和感悟。教师对儿童文学投以关注，配合以经典书籍和当下文本的不间断阅读，日积月累中儿童文学的修养便能自然而有效地养成。

※ 对儿童文学理论的全面认识、理解和把握

儿童文学是独立的文学门类，有自成体系的理论与价值标准。教师最好能够参加儿童文学课程培训或通过自学提高对儿童文学理论的认知水平。建立与先进的儿童观、教育观相联系的儿童文学观，对现当代及中外儿童文学历史有全面系统的了解。教师特别需要体认儿童文学各主要体裁及其艺术表征，将对理论知识的理解运用到儿童文学作品的教学实践中，丰富教学内容和形式，形成特色，提升质量。

※ 阅读儿童文学的经历与经验

教师需要尽可能将多读书、读好书的习惯延伸到儿童文学领域，有意识地收集可跟学生分享的资源，积累可以跟他们充分交流的经验。教师应根据儿童文学史和现状研究的成果，广泛阅读各个时期本土和国外的儿童文学经典作品，随时留意权威机构与媒体对当下热点图书的介绍，经常走访儿童图书馆和书店的儿童文学专区。在可能的条件下，教师还应注意与儿童文学有关的文学批评，以应对学生不同的阅读反应，并提供可供参考及辩证的意见。教师可以借助学校图书馆的藏书，与此同时适当充实自己个人的儿童文学文本库存。教师由此可以实现对儿童文学思想艺术的深刻理解和生动表述，以身作则引导和引领学生进入儿童文学的广阔世界。

※ 组织学生开展文学阅读活动的能力和技巧

教师需要通过学习和实践锻炼提高自己组织儿童开展阅读活动的能力。包括能够推荐优质读物，推动并具体指导阅读的过程；能够帮助在校学生建立文学阅读的条件和机制、制订和执行文学阅读的进阶计划；调动和利用社会各层级与阅读关联的机构、设施和资源；与社区、家庭形成合力，协同组织各种形式的儿童阅读活动。

教师儿童文学修养的培育是一个长期的过程，需要教师付出时间和精力，更需要教师全心全意的真情投入。事实上，教师的儿童文学修养

的建立需构筑在更高远、更坚实的思想基础上——教师对儿童教育事业矢志不移的热爱，教师对儿童教育的理想信念、专业精神和责任担当。

我们还应该关注教师儿童文学修养的另一层特别的意义。在教师应用儿童文学资源的同时，儿童文学通过教师的教育推广赢得了广泛的儿童读者；儿童文学也能更多地进入儿童的阅读视野，更好地发挥培育精神、陪伴成长的作用。